작가의
목소리

일러두기 ───

· 본문은 국립국어원의 어문 규범을 우선했지만 일부 비속어나 표준어가
  아닌 단어는 《작가의 목소리》를 살리기 위해 그대로 두었습니다.

어느 글쟁이의
글쓰기 에세이

" 작가의 목소리

이경 지음

66 ──────────────────────────

들어가는 글

탁탁, 탁탁, 원투, 원투, 키보드 첵첵.

안녕하십니까, 여러분들. 저는 이경이라고 합니다. 여차저차 어찌어찌 글을 쓰며 살아가다 보니 이렇게 주제넘게도 글쓰기, 또 책 쓰기 관련 책을 내게 되었습니다. 이 책을 집어든 대부분의 분들은, 아 글 좀 잘 써보고 싶다, 그리하여 언젠가는 내 이름으로 책 하나 내보고 싶다, 작가가 되고 싶다, 하는 분들이겠지요. 잘 오셨습니다. 맞게 찾아오셨습니다. 이 책은 그런 분들을 위해 쓰인 책이 틀림없습니다.

여러분들도 언젠가 책을 쓰게 된다면, 프롤로그를 작성하게 될 텐데 말이지요. 책의 프롤로그에는 응당 책을 쓰게 된 목적이랄까, 사연 같은 걸 적어두곤 하는 법이니까, 저도 이 페이지에서는 그런 내용을 말씀드리면 어떨까 싶습니다. 아, 그전에 간단한 제 소개랄까요. 보시다시피 제 이름은 이경입니다만, 아직까지는 이렇다 할 히트작이 없어서 그저 하나의 무명 글쟁이에 불과합니다.

저는 2019년 11월 《작가님? 작가님!》이라는 제목의 소설을 투고로, 2020년 7월에는 《힘 빼고 스윙스윙 랄랄라》라는 에세이를 역시 투고로, 2021년 3월에는 《난생처음 내 책》이라는 에세이를 또한 변함없이 투고로 내었습니다. 한두 권의 책을 낸 작가들도 이후로는 곧잘 출판사 청탁을 받는다는데, 저는 어째서인지 책 세 권을 연달아 출판사 투고로만 진행했습니다. 책 세 권의 투고 횟수 총합만 하여도 일백이 넘어가니, 돌이켜보면 이게 사람이 할 짓인가 싶습니다만, 이왕 이렇게 된 거 투고 전문가라고 우겨 봐도 좋지 않겠는가.

숫자에 예민한 분들은 눈치채셨을지 모르겠지만, 저의 책 세 권은 공교롭게도 모두 8개월 간격으로 나왔습니다. 누군가는 한평생에 걸쳐 책 하나를 쓰기도 버거워하는데, 무슨 책을 8개월에 하나씩 내는가. 그만큼 저에게는 '글빨'이라는 게 어느 정도 있다는 이야기 아니겠습니까. 네?

책을 구입하기 전 맛보기로다가 여기까지 읽어보시는 분들 중에서는, 아아, 이 작자는 잘난 척 떠들어대는 것이 마치 사기꾼과 같다, 도저히 더 이상 읽어나갈 수 없다, 탈락! 하고서 책을 놓는 분들이 있겠는가 하면, 이 인간이 앞으로 어떤 목소리를 낼까 궁금하군, 하면서 책을 구입해 주시는 분들도 계시겠지요. 전자는 유감입니다만, 후자는 감사드립니다.

아, 이 책의 제목인 목소리 이야기가 나와서 말이지요. 누군가의 '목소리'를 들어준다는 것, 특히나 이렇게 글을 쓰는 사람의 목소리를 들어주는 것이 얼마나 감사한 일인지 모르겠습니다. 사전적 의미도 그러하거니와 우리가 보통 '목소리'라고 하면, 꼭 목에서 나오는 실제의 소리만을 뜻하는 것은 아니고, 한 사람의 의견이나 주장을 비유적으로 표현할 때도 사용하지 않겠습니까.

그러니까 이 책은 앞으로도 저라는 사람의 목소리, 하지만 또 대개는 헛소리로 가득 채워질 예정입니다. 그래도 책을 사신 분들이 저의 이런저런 소리들을 참고 들어주시면 분명 앞으로 글을 쓰는 데에 도움이 되지 않겠는가, 영 도움이 아니 된다 하여도, 그때는 뭐 어쩔 수 없는 노릇 아니겠는가, 일단 출판사와 저자가 공통으로 가지고 있는 최우선의 목표는 책을 판매하는 데에 있지 않은가, 그러니 저는 일단 책을 사주시면 그걸로 장땡인 것입니다.

어쨌든 저는 책 세 권을 모두 투고로 내다보니, 그동안 출판사로부터 받아왔던 거절의 멘트에 마음의 상처를 심히 받기도 하였고, 그렇다고 출판사에서 이런 글을 한번 써보면 어떻겠습니까, 하는 의뢰랄까, 청탁도 딱히 없어서 차기작에 대한 고민을 하던 중, 브런치라는 글쓰기 플랫폼에서 공모전이 열린 것을 보았습니다. 이때가 세 번째 책이 나온 지 반년쯤 지났을 때인데요.

그동안 8개월 간격으로 책을 내오던 저에게 어떠한 관성이 작용하였던 걸까요. 아아, 반년이나 지났어, 책을 써야 해, 책을, 하는 생각에 결국 아무런 계획도 준비도 없던 브런치 공모전에 응모할 글을 쓰기로 마음먹게 되었습니다. 달력을 보니 공모전 마감을 한 달여 앞둔 상황에 필요한 글은 10꼭지.

그때부터 〈무명 글쟁이의 글쓰기 비법〉이라는 별다른 고민 없이 붙인 제목으로 글을 올리기 시작하였는데, 어럽쇼, 마감을 한참 남겨두고도, 공모전에 필요한 분량을 훌쩍 넘겨, 13꼭지의 글을 쓰게 된 것입니다. 역시 그만큼 저에게는 '글빨'이라는 것이 있다는 것 아니겠습니까. 네?

아, 물론, 글을 빨리 쓴다고 해서 잘 쓰는 것은 절대 아니고, 좋은 글을 쓰는 것도 아니지요. 그것은 말하면 입이 아프고 타이핑하면 손이 아픈 당연지사. 다만 즉흥적으로, 글쓰기 비법이랍시고 유쾌, 통쾌, 상쾌, 호쾌하게, 무엇보다 이것저것 눈치 보지 않고 내 마음대로 써 내려가다 보니 쭉쭉 쓸 수 있었던 것이 아니겠는가 싶습니다. 그렇게 저는 브런치 공모전에 응모할 수 있었습니다만, 이렇게 즉흥적으로 써 내려간 글이 어디 출판사 심사위원들의 눈에 쉽게 들 수 있겠습니까.

공모전 탈락 확률이 99.89% 정도 되지 않겠는가, 하는 생각에, 저는 공모전에서 떨어지면 원고 수정해서 또 출판사에 투고나 해야지, 나라는 인간 어차피 투고 인생이었으니, 투고 한번 더 한다고 인생이 달라지겠는가, 쳇, 그럼 정신 나간 편집자 한 사람 정도는 나타나서, 오호 무명 글쟁이 이경, 내 자네의 글을 유심히 지켜보았는데 읽는 재미가 괜찮군, 하면서 책 작업하자는 사람이 있지 않겠는가, 하는 글을 SNS에 썼는데, 실제로 그 글을 보고서 연락을 해 온 정신 나간 편집자가 생겨버렸다는 이야기입니다.

그가 바로 '마누스' 출판사의 편집자인 것이지요, 네네. 마누스 출판사의 대표님과 편집자님, 그리고 저는 여의도의 한 카페에 모여 제가 쓴 글을 가지고서 이야기를 나누었습니다. 마누스 측에서 말하길, "이경 작가, 브런치에 응모한 글이 수상을 한다면 우리는 자네를 축하해 줄 테야, 진심으로 네가 잘 되었으면 좋겠어, 하지만 수상하지 못한다면 그때는 우리와 함께 책을 내보는 게 어떻겠는가?"

앞서 말했듯 저는 브런치 공모전에 탈락할 확률을 99.89%로 봐두었던바, 이게 웬 떡인가 싶어, 아이고, 마누스님, 대표님, 편집자님, 미천한 저의 헛소리라도 책으로 만들어주실 의향이 있으시다면야, 저는 그저 감사할 따름입니다, 하고서 굽신굽신 마누스 출판사와 손을 잡고서는 이렇게 책으로 여러분에게 인사를 드리게 되었다는 것이, 이번 프롤로그에서 하고자 하는 말인 것이지요. 네네.

혹여나, 이제 겨우 책 세 권 낸 무명의 신인 글쟁이가, 글쓰기, 책 쓰기 관련 책이라니 가당치도 않다, 하실 분들 적잖이 계실지 모르겠으나, 세상에는 놀랍게도 첫 책으로 이런 책을 내는 분들도 계십니다. 그런 분들에 비하면 저는 나름 투고로다가 책을 세 권이나 내본 실전적 경험이 있지 않은가, 그러니 글을 좀 잘 써보고자 하는, 또 책을 내보고자 하는 분들에겐 분명 어느 정도 도움이 될 수도 있지 않겠는가, 뭐 도움이 아니 된다 하더라도 역시 어쩔 수는 없는 노릇이지, 이렇게 책으로 만들어진바, 저는 무슨 수를 써서라도 이 책을 팔아야만 하는 입장인지라….

여하튼 이 책은 브런치 공모전 응모를 목표로 즉흥적으로 써두었던 글을 대대적으로 수정, 보강하여 펴내는 것임을 알려드립니다. 브런치 그게 뭐야, 아침 점심 사이에 먹는 거, 그게 브런치 아닌가 하시는 분들이 계실까 봐 말씀드리자면, 여기에서 말하는 브런치라 함은 글쓰기 연습하기 괜찮은 플랫폼이라는 것을 알려드리니, 진지하게 글쓰기에 임하실 생각이 있는 분들이라면 이 정도는 알아두면 좋지 않겠는가, 하는 저의 속내를 전하며 이제 본문으로 넘어가보도록 하겠는데요.

자, 어째, 이제 본격적으로 따라오실 준비가 되셨습니까?

목차

들어가는 글

나오는 글

1장

작가의
헛소리

글쓰기의 1원칙

　며칠 전 누군가 SNS로 메시지를 주셨는데, 책을 보낼 테니 냉큼 주소를 알려달라는 내용이었습니다. 그분이 누구인고 하니, 사실 누군지 지금도 잘 모릅니다. 선생님, 누구십니까? 사연인즉슨 제가 쓴 《난생처음 내 책》을 읽고서는 출판사에 투고하여, 계약도 하고, 편집자도 만나고, 출간도 앞두고 있다며, 자신의 책이 나오기까지 제 책이 큰 도움이 되었으니 고마운 마음에 책을 보내주겠다는 것이었습니다. 아아, 보람찬 하루.

　제가 쓴 에세이 《난생처음 내 책》은 작가 지망생, 특히 출판사 투고로 책을 내려는 지망생들이 보았으면 하는 생각에 쓴 책이긴 한데, 생각만큼 많이 팔리진 않는 것 같습니다. 그럼에도 가끔 제가 쓴 책을 읽고서 투고 생활에 도움이 되었다는 반응을 보면 그게 그렇게 보람찰 수가 없습니다. 그렇다고 《난생처음 내 책》에 글쓰기 비법이라든가, 책 쓰기 비법 같은 걸 적어 두진 않았단 말이지요.

그러니 《난생처음 내 책》을 본다고 글솜씨가 확 늘어날 리는 만무합니다만, 어쩌면 멘탈을 다잡는 데에는 어느 정도 도움이 될지도 모르겠습니다. 이 글을 읽고 계신 분들도 여느 글쓴이들이 그러하듯 높은 확률로 멘탈이 약하실 텐데, 이참에 《난생처음 내 책》을 한 부씩 집에 들여놓는 게 어떨까요. 두 부, 세 부 들여놓아도 좋고, 백 부를 사주신다면 계신 곳을 알려주세요. 계신 곳을 향해 절을 한번 올리도록 하겠습니다.

여하튼 《난생처음 내 책》을 내고서 책 홍보 차 팟캐스트에 나가기도 했는데 그중 하나가 책을 주제로 이야기 나누는 〈다독다독〉이었습니다. 《난생처음 내 책》에는 이상한 글쓰기 강사에 대한 이야기도 좀 해두었는데, 그래서 그런지 다독다독 팀의 한 진행자 분께서는, "그냥 이경 작가님이 글쓰기 강연을 하시면 어떨까요?" 하는 말씀을 주시기도 하였습니다만, 예나 지금이나 저는 '내 주제에 무슨 강연이야.' 하는 입장을 견지하고 있습니다.

다만, 사람들을 앞에다 두고 엣헴, 글이란 모름지기 이렇게 쓰는 겁니다, 하는 강연은 못하더라도, 마음 편하게, 웹에다가, 에, 글쓰기 강연 뭐 그런 건 아니고, 제가 지금까지 투고로만 책을 세 권 내었는데, 제가 해왔던 방식이랄까, 뭐 이렇게 떠들어대면서 정보를 공유해 볼 순 있지 않을까 하는 생각에 그야말로 무턱대고, 그 어떤 커리큘럼도 없이, 프리스타일로다가, 뭐 굳이 계획이라면 이 글의 글쓰기 버튼을 누르기 한 10분 전에 즉흥적으로다가, 할 일은 없고 심심한데 이런 내용으로 잘난 척하면서 한번 써봐야지, 하는 게 계획이 아니었을까, 하는 것이지요.

세상에는 한 분야만 죽어라 파는 이들이 있습니다. 그러니까 책을 내는 법, 글을 쓰는 법, 이렇게 쓰는 법, 저렇게 쓰는 법, 엎드려 쓰는 법, 누워서 쓰는 법, 뭐 이런 식의 맨 똑같은 내용을 제목만 바꾸어 사골 우리듯 우려먹는 글쓰기 강사, 선생님, 코치님, 도사님, 박사님들이 있는데 저는 그런 걸 보면서 속으로 저렇게나 자기 복제를 하고 싶을까, 싶습니다. 했던 얘기 또 하고, 또 하고, 또 하고 아주 그냥 지겹지도 않으십니까들?

저는 중언부언, 그러니까 했던 얘기 또 하는 건 질색인데 말이지요. 저의 첫 책은 작가 지망생의 이야기를 다룬 소설 《작가님? 작가님!》이었고, 세 번째 책은 출판사에 투고해서 책이 나오기까지의 여정을 담은 에세이 《난생처음 내 책》이었습니다. 첫 책과 세 번째 책이 묘하게 좀 닮은 구석이 있달까. 그래서 이제 웬만하면 글쓰기나 책 쓰기와 관련된 글로 책을 내고 싶진 않기도 하고 그냥 편하게 웹에다가 나불나불 떠들어댈 생각이었는데, 그럼에도 이렇게, 오오, 이경 작가, 자네 글 재밌는데, 글을 주제로 책을 한번 써봅시다, 하는 출판사가 생기니, 저는 또 쓰게 되는 겁니다. 저라고 뭐 마다할 이유가 있겠습니까. 중언부언, 중얼중얼, 깔깔깔.

이 책은 이렇게 다소 즉흥적으로 쓰기 시작한, 그야말로 무계획이 계획이었던 글로 출발하여 만들어진 셈입니다. 그럼에도 앞선 책들과는 너무 겹치지 않는 선에서 떠들어볼 예정이니까요. 이 책을 보시고 재밌다 싶으시면 저의 전작들도 읽어주시길 바랍니다. 최고의 책 홍보는 신간 출간이라는 이야기도 있지 않겠습니까.

서론이 엄청나게 길었습니다. 여하튼 첫 시간이니까 글쓰기와 관련된 비법 뭐든 하나는 꺼내야 할 텐데, 무얼 쓰나 그래. 아는 게 없는데. 그래도 하나 뱉어보자면, 제가 보았던 글쓰기 관련 책 중에서 가장 공감했던 책 제목은 인플루엔셜 출판사에서 나온 《글 잘 쓰는 법, 그딴 건 없지만》입니다. 다나카 히로노부라는 카피라이터 출신의 일본인이 쓴 책인데 말이지요. 이 책의 제목 그대로랄까요. 글 잘 쓰는 비법? 그런 게 어디 있겠습니까. 그런 게 있다면 누구나 진작에 따라 하지 않았겠는가. 안 그렇습니까? 글 잘 쓰는 법. 그런 거 없어요, 없어.

그럼에도 제가 작가의 꿈을 가지고 늘 품어 왔던 글쓰기의 1원칙이 있다면 이겁니다.

'글은 왼쪽에서 오른쪽으로, 위에서 아래로 쓴다.'

고사리 같은 손으로 처음 연필을 잡고 글을 쓰던, 또 글쓰기를 배우던 그 시간을 기억하시나요? 저에게는 너무 오래전 일이긴 합니다만, 분명 이러한 이야기를 들었던 기억이 납니다. 글은 왼쪽에서 오른쪽으로, 위에서 아래로 쓴다.

어쩌면 이러한 원칙은 글쓰기를 배우기 전부터 본능적으로 깨닫게 되는 것인지도 모르겠습니다. 누구라도 쓰는 것보다 읽는 것이 먼저일 테고, 우리가 보는 거의 모든 글은 이런 식으로 쓰였으니까요. 저는 이 원칙을 통해, 글쓰기란 누구나 공평한 조건에서 동일한 방법으로 행할 수 있는 것이구나, 하는 것을 되뇌곤 합니다.

아, 물론 언어에 따라 오른쪽에서 왼쪽으로 쓰는 글도 있겠습니다만, 이 책을 보는 분들은 대부분 한글을 읽고, 한글로 글을 쓰실 테니, 제가 간직하고 있는 글쓰기의 1원칙은 역시나 여러분에게도 적용이 되겠습니다.

물론 개중에, 아닌데? 나는 대각선으로 글을 쓸 건데? 라든가, 나는 아래에서 위로 쓸 건데? 하는 청개구리 같은 사람들이 있다면, 이들은 문인이 될 가능성보다는 행위예술가가 될 가능성이 더 높으니 당장 글쓰기는 때려치우시고 다른 길을 찾아보시라 권하고 싶습니다.

그런데 잠시 제 어릴 적 이야기를 좀 하자면 말이지요. 유치원 시절, 가나다라를 처음 써보는 그 시간에 저는, 칸이 쳐

져있는 공책에, 왼쪽에서 오른쪽, 위에서 아래로 쓰는 게 조금은 재미없고 심심하고 지겹다고 느껴져서 가운데부터 쓴다든가, 뒤에서부터 쓰고서는 선생님에게 혼이 나기도 했던 기억이 납니다.

그런 저조차도 오랜 세월이 지나서는 이렇게 글쓰기의 기본 원칙을 지켜가며 책을 내고 있으니, 나는 대각선으로 글을 쓸 테야, 하는 분들도 충분히 작가의 길을 걸을 수 있지 않겠는가 싶기도 하고 말이지요. 그러니 누구라도 서둘러 포기할 것까진 없겠습니다. 제가 이렇게나 포용력이 넓은 사람입니다.

이 글을 읽는 누군가는, 아니, 이게 무슨 글쓰기 비법이야, 당연한 걸 구구절절 떠들어대고 있어, 하고 눈알을 부라릴지도 모르지만, 불행하게도 이 당연한 법칙을 모르고서 애당초 글쓰기를 포기하는 사람도 적잖이 있습니다.

그러니까 글쓰기는 종이와 펜, 컴퓨터 시대로 넘어와서는 모니터와 키보드만 있으면 누구든지 할 수 있는 것임에도 백지가 주는 공포를 이겨내지 못하고 두려움에 덜덜덜 떨며 포기하는 이들이 있다는 것입니다.

책을 많이 쓴 누군가든, 이제 처음 글을 써보려는 누군가든, 방식은 동일합니다.

글은 왼쪽에서 시작하여, 오른쪽으로. 위에서 시작하여 아래로. 그러니 글쓰기에 두려움을 가지고 계신 분들은 반드시 이 글쓰기의 기본 원칙을 가슴에 새겨두길 바랍니다.

글쓰기에 잘하는 비법 따윈 없는 것. 누구라도 동일한 조건으로 할 수 있는 것.

하물며 배움이 미천한 무명 글쟁이 이경이라는 작자도 책을 세 권이나 내지 않았겠습니까. 물론 여러분이 지금 보고 계시는 이 책까지 치면 네 권이 되겠습니다만.

비판적 사고와 적당히 읽기

무명 글쟁이 이경입니다. 첫 시간에 글은 왼쪽에서 오른쪽으로, 위에서 아래로 쓴다는 불변의 진리 말고는, 글 잘 쓰는 비법, 그런 거 없다, 하는 말씀을 드렸습니다. 분노감과 허탈감에 책을 덮어버린 분도 있을 테고, 계속 읽어보자 하는 분도 계실 텐데요.

제가 하고자 하는 말은, 결국 각자에게 맞는 글쓰기 방법을 찾는 것이 중요하다는 겁니다. 이걸 달리 말하면 누군가 글쓰기 비법이랍시고 알려줄 때, 비판적인 사고를 가지라는 말과 같은데요. 그렇다고 꼭 작법서 같은 거 볼 때만 그리 하라는 말인가, 하면 그건 물론 아니겠고요. 어떤 일에서든 비판적 사고를 할 줄 안다면, 살아나가는 데에 큰 도움이 되지 않겠습니까. 글쓰기는 말할 것도 없을 테고요.

SNS에서 서평이라고 올라오는 글을 보신 적 있으신가요? 저는 그런 서평을 접하며 많은 사람들이 책의 내용을 곧이곧대로 받아들인다는 생각이 들었습니다. 가령 책에, "A는 A이다."라는 문장이 있다면요. 아, 'A는 A이구나.' 하고서 넘어갈 게 아니라, 비판적 사고를 발휘하여 'A는 왜 A일까, A는 정말 A일까?' 의심하고, 고민을 할 줄 안다면 좋겠습니다.

그런데 SNS의 서평을 보면 많은 분들이 문장을 발췌하는 수준에서 그치기도 합니다. 이건 서평이 아니라 '문장 수집'에 가깝지 않나 싶어요. 앞으로 글을 쓰려는 사람이라면 타인의 문장을 발췌하는 수준에서 끝낼 게 아니라, 자신의 이야기로 확장시킬 줄 알아야 합니다. 그러기 위해선 이 비판적 사고가 반드시 필요하겠습니다. 평소 멍하니 사는 저도 이런 생각을 하는 걸로 보아, 누구라도 할 수 있는 일입니다.

예로부터 글을 잘 쓰기 위한 방법으로 다독多讀, 다문多聞, 다상량多商量(많이 읽고, 많이 듣고, 많이 생각하기)을 말하고, 다문多聞

대신에 다작多作(많이 쓰기)을 넣기도 하는데요. 들어본 적 있으시겠죠? 없다면, 지금 들어보세요. 표현의 차이는 있지만, 공통으로 나오는 것이 많이 읽기와 많이 생각하기군요.

그러니까 많이 읽는 것이 글쓰기에 도움이 된다고는 하는데, 그저 읽는 것에서만 그치면 곤란합니다. 글쓰기 비법으로 말하는, 다독, 다문, 다작, 다상량, 다다다多多多 여하튼 무언가 많이 해보라는 이것들은 개별의 움직임이 아닌 하나의 세트라고 봐야 효과가 있습니다. 하지만 많은 사람들이 이걸 개별적 행위로 이해하는 것 같아요.

단순히 '다독'만을 해서는 좋은 글이 나올 리 없습니다. 특히 가짜 뉴스를 포함하여 온갖 정보가 넘쳐나는 지금 시대에는 읽는 것보다 생각하는 시간이 훨씬 중요합니다. 어떤 생각? 바로 비판적 사고 말이에요.

그리고 이제는 '다독' 자체에 지나치게 집착할 필요도 없겠습니다. 옛날이야 읽을 게 책 말곤 딱히 없었을 테니까, 다독이라고 하면 많은 분들이 책을 떠올릴 텐데, 요즘엔 책 말고도 볼 게 너무나 많죠? 유튜브도 봐야 하고, OTT 방송도 봐야 하고, SNS도 봐야 하고, 웹툰도 봐야 하고, 프로야구 보면서 열도 좀 받아야 하고 말이죠. 그러니 다독을 꼭 책이라고 여길 필요는 없을 것 같습니다.

물론 앞서 예로 든 유튜브 등의 '보는 것'과 '읽는 것'의 성격은 좀 다르긴 하죠. 보는 거야 틀어놓으면 소리도 나오고 그저 멍하니 있어도 영상은 흘러가지만요. 읽는 것은 조금 더 노력과 집중력을 필요로 합니다. 근데 보든 읽든 듣든 이런 행위가 결국 '잘 쓰기'를 위함이라면 그 중간 과정인 '생각'이 중요한 것이지, 읽는 것은 적당히 해도 좋지 않을까요?

많이 읽고, 듣고, 쓰고, 생각하라, 하는 옛말은 요즘 시대에 맞게 고쳐볼 필요가 있습니다.
'다양하게 접하되, 비판적으로 생각하고, 써라.' 정도면 어떨까요?

'다독'이라는 단어에 빠져서, 아아 책을 많이 읽어야 글쓰기 실력이 늘 텐데, 오늘도 책을 읽지 못하였다, 하면서 괴로워할 필요가 없다는 이야기입니다. 그렇다고 책을 많이 읽는 분들이 들이는 시간과 노력과 집중력을 폄하하려는 건 절대 아니지만요.

가끔 다독을 자랑삼아 이야기하는 글쓰기 코치들이 있습니다. 짧은 시간 안에 수천, 수만 권의 책을 읽었다는 걸 아무렇지 않게 얘길 하는 건데, 그런 자랑을 볼 때 그래서 뭐 어쩌라는 건가, 하는 생각이 듭니다. 그렇게 책 많이 본 걸 자랑삼을 생각이면, 글쓰기 코치를 할 게 아니라, 속독 학원을 차려야 하는 게 아닌가. 다독을 자랑삼는 글쓰기 코치님들, 지금 길을 잃고 헤매고 계신 거 아닙니까, 네?

책 많이 읽었다는 글쓰기 코치에게 현혹되지 마시고, 적당히 읽으시되, 생각을 많이 해보는 편이 좋겠습니다. 비판적 사고가 결여되었다면 책을 수만, 수십만 권 읽어본들 도대체가 무슨 소용이겠어요.

필사? 저는 아무래도 어렵겠습니다

이 책을 읽고 계신 여러분들은 어떠신지 모르겠지만, 저는 글을 쓰는 사람, 작가라면 세상에 답을 내놓기보다 질문을 던지는 사람에 가깝다고 생각하는데요. 세상에는 정답이 없는 많은 일이 있지만, 글쓰기는 특히나 그런 것 같습니다. 그러니 비판적 사고를 하며, 자신에게 맞는 글쓰기 방법을 찾는 것이 중요하겠습니다.

많은 분들이 좋은 글을 쓰려고 행하는 것들 중에 제가 하지 않는 게 있는데요. 바로 '필사'입니다. 여러 글쓰기 책에서 아, 필사, 그거 하면 진짜 좋다, 글 쓰는 데에 도움이 된다, 하면서 적극 추천을 하기도 하고요. 또 서점에 가면 이미 검증된 문장들의 필사 책들이 여기저기 널려 있죠. 저는 필사가 과연 글쓰기에 도움이 되는지, 모르겠습니다. 필사가 나쁘다는 건 아니고 그저 저는 안 해봐서 모르겠다는 겁니다.

어릴 석 이야기를 하자면 저는 왼손잡이로 태어났습니다. 요즘에는 왼손잡이 교정을 거의 안 하는 것 같지만, 제가 어릴 때만 해도 오른손만이 옳은 손이라는 생각이 있었는지, 왼손잡이를 보는 어른들의 시선은 좋지 않았습니다. 영어로도 오른쪽은 'Right' 아니겠습니까. 결국 유치원에 다니며 'ㄱ, ㄴ, ㄷ'을 배울 때쯤 왼손으로 쓰던 글을 오른손으로 쓰도록 교정을 거쳤는데요.

그래서 그런지 저는 가끔 제가 쓴 글씨도 못 알아보는 끔찍한 악필입니다. 만약 제가 손글씨를 예쁘게 쓸 줄 알았다면 저 역시 이런저런 좋은 문장을 따라 써 보았을지도 모르겠습니다. 연애편지도 많이 썼을 테고요. 하지만 안타깝게도 저는 제가 쓴 글씨를 보면 몹시 우울해져서는, 아, 이게 뭔가, 싶은 지경에 이르러 글이고 뭐고 당장 종이를 구겨버리고 싶은 충동에 휩싸입니다. 책을 세 권이나 냈지만 면지에 사인을 해본 일도 쉰 번이 안 될 겁니다. 아, 이건 제가 악필이라서라기보다는 작가로서 인기가 없어서일까요. 갑자기 슬픔이 몰려옵니다만, 어쨌든 한마디로 저에게 필사는 아무런 도움이 되지 않는 행위입니다.

그런 점에서 요즘에는 키보드로 글을 쓸 수 있는 시대이니 얼마나 다행인지 모릅니다. 여전히 손으로 글을 써야 하는 세상이었다면 저는 작가의 꿈을 일찌감치 포기하고 살았을지도 모르겠습니다. 희한하게 키보드 위에서는 손가락이 춤을 추듯 활발하게 움직이는데 말이죠. 연필이든 볼펜이든 만년필이든, 육필로 종이 위에 글을 쓰다 보면, 덜덜덜덜 떨리기도 하고, 키보드로 쓸 때는 분명 확신에 차서 쓰는 단어들도 손으로 쓸 때만큼은 아, 이게 맞춤법이 맞던가, 하는 의심이 들기도 합니다.

누군가는 육필 필사가 아닌, 전자 필사라고나 할까, 키보드 타이핑을 통한 필사도 글쓰기에 도움이 된다고 하는데요. 이것 역시 저는 안 해봐서 모르겠습니다. 도움이 될지, 아니 될지는 역시 각자가 해보는 수밖에 없겠습니다만, 내 글쓰기 인생에 별다른 도움이 안 될 것 같다 싶으시면 집착을 버리시고 과감하게 때려치울 필요가 있습니다. 남들에게 좋다고 해서 나에게 반드시 좋으란 법도 없으니까요.

혹자는 필사의 장점으로 종이 위에 좋은 문장을 꾹꾹 눌러 쓰며 손가락 끝에서 어깨까지 올라오는 그 감각을 깨우치고 어쩌고저쩌고, 멋스러운 표현들로 떠들어댑니다만, 이제 종이에 글을 쓰는 시대가 아닌데 그런 감각을 깨우칠 필요가 있을까 싶습니다. 물론 여진히 종이 위에 꾹꾹 눌러가며 글을 쓰는 분도 있긴 하지만, 그 수가 많지는 않을 겁니다.

필사를 하지 않는 저로서는 필사 그거, 타인의 검증된 문장을 천천히 써가며, 이거 마치 내가 이런 훌륭한 문장을 썼다, 아니, 이런 훌륭한 생각을 했다, 그러니 앞으로도 이렇게 훌륭한 문장을 쓸 수 있을 것이다, 하는 착각, 자기만족에 빠지게끔 하는 행위가 아닌가 싶기도 한 것입니다.

부러 '필사'에 대해 최대한 나쁘게 말해보았습니다만, 실제로 이렇게까지 나쁘다는 생각을 하지는 않습니다. 역시 안 해봐서 모르는 겁니다.

다만 책을 읽을 때 비판적 사고 없이 읽는 사람들이 있는 것처럼, 글을 쓰려는 사람들 중에서도 지나치게 필사라는 행위에 집착 매몰되어 정작 자신의 글은 써내지 못하는 사람들이 있는 것 같습니다. 제가 아는 작가 지망생 중에도 매일같이 열심히 남의 글을 베껴 쓰지만, 정작 자신의 글은 못쓰고 있는 이가 있습니다.

저는 필사가 글쓰기에 도움이 되는지, 아니 되는지, 아직은 모릅니다. 훗날 제가 갑자기 금손이 되어 예쁜 글씨를 쓸 수 있다면 그때 가서는 저도 필사를 하게 될지 알 수 없습니다만, 당장 제가 좋은 글을 쓰는 데에 필사가 도움이 될 것 같진 않습니다.

저와는 달리 필사를 해보았더니, 내 글을 쓰는 데에도 확실히 도움이 되더라, 장점이 많더라, 하시는 분들은 물론 앞으로도 쭉 필사를 하시면 좋겠습니다. 그분들에겐 필사가 자신에게 맞는 글쓰기 방법일 테니까요.

누군가는 필사를 글쓰기에 도움이 되는 방식이 아닌 '정독'의 방법이라고도 했는데요. 저는 오히려 이런 주장이 더 설득력 있어 보입니다. 우리는 무언가를 기억하기 위해서 종이에 적어보곤 하잖아요? 베껴 적음으로써, 그 대상이 되는 글을 좀 더 정확하고 천천히, 또 면밀히 살필 수 있을 테니, 필사를 '정독'의 방법으로 여기는 것이 좀 더 일리가 있어 보이기도 합니다.

필사에 대한 이야기를 꺼냈지만, 필사가 중요한 게 아니라, 비판적 사고를 할 줄 아시는 분이라면 이 글의 요지를 아시겠죠. 네? 작법서 등 글쓰기 책에 나오는 내용을 곧이곧대로 받아들이지 마시고, 자신에게 맞는 글쓰기 훈련법을 알아가는 것이 중요하다, 하는 이야기를 계속해서 하고 있는 겁니다.

이 책의 계약과 관련하여 미팅을 할 때 편집자님은, "작가님, 이번 기회에 필사도 한번 해보시는 게 어떠세요?" 하는 말씀을 주시기도 했는데요. 아마도 편집자님은, 무명 글쟁이 이경이 필사 후에는 좀 더 글쓰기 실력이 늘어날 수 있지 않을까 하는 희망을 품으신 것 같기도 합니다. 그런데 편집자님, 제가 몇 글자 손으로 적어보고서 생각을 해본 결과, 역시 저는 필사가 글러버린 녀석 같아요. 저는 아무래도 어렵겠습니다.

합평, 멘탈이 약한데 굳이

요즘에는 글쓰기 모임이 참 많죠. 코로나 시대 이후에는 온라인 글쓰기 모임도 많이 활성화되었고요. 주변에 작가를 지망하는 많은 분들이 이런 글쓰기 모임과 합평을 하시는 걸 보고 사회성이 낮은 저는 부럽기도 하면서, 저런 모임이 글을 쓰는 데에 얼마나 도움이 될까, 하는 궁금증이 있기도 합니다. 그러니까 '합평' 역시 저는 안 해봐서 모르겠습니다.

강영숙의 소설 《라이팅 클럽》을 보면 소설 속 주인공 어머니가 글쓰기 모임을 운영하지만, 정작 글은 안 쓰고 회원들끼리 모여서 시시덕 시답잖은 농담이나 하는 모습이 그려지기도 하는데요. 저는 이런 것도 괜찮다고 생각합니다. 뭐 글쓰기 모임이라고 해서 글만 쓰고 살 수 있나요. 각자 사는 얘기도 좀 하고, 농담도 하고, 그렇게 살면 좋겠죠. 그러면서 글감도 얻고 말이죠.

저는 합평의 단점은 오히려 니무 열심히 할 때 일어나는 게 아닌가 싶어요. 그러니까 상대방의 글을 읽고서 의견을 내어야 할 텐데, 이게 좀 과해지다 보면 원하든 원치 않든 글쓴이에게 큰 상처를 안겨줄 수도 있을 테니까요. 실제로 합평을 하면서 눈물을 흘렸다는 분들을 몇 번 보았는데요. 저는 이게 개개인의 성격에 따라서는 글쓰기에 전혀 도움이 안 되는 방법이라고 생각합니다.

이런 합평에서 나오는 '지적'에도 상처를 받는 분들은 대부분 온라인에서의 악플에도 약한 모습을 보이지 않을까 싶은데요. 악플을 신경 쓰지 않는, 대범한 성격의 털털한 분이라면 글쓰기 모임에서의 합평도 꽤 도움이 될지 모르겠습니다. 그러나 안타깝게도 저는 사회성이 낮을뿐더러, 누군가 악플을 단다면 저 인간은 대체 어떤 인간이기에 내 글에 악플을 달았는가, IP를 추적하여 아주 그냥 혼구녕을 내고 싶다, 하는 욕구를 느낄 정도로 쉽게 상처를 받고 또 복수심에 불타는 사람이라 앞으로도 글쓰기 모임이나 합평을 하진 않을 것 같아요.

합평에 따른 마음의 상처 못지않게 다른 상황의 일도 우려가 되는데요. 바로 패거리 문화에서 쉽게 느낄 수 있는 '자화자찬'입니다. 작가 지망생 여럿이 모여 서로 으쌰으쌰 하다 보면, 자신의 글을 객관적으로 읽지 못하고 자신감이 넘쳐, 자만심이 차오르는 일이 분명 있을 거라고 생각합니다. 몇몇 학원 타입의 글쓰기 수업도 이런 식인 거 같아요. 이런 글쓰기 혹은 책 쓰기 아카데미에 대해서는 나중에 다시 이야기를 해보도록 하고요.

글쓰기는 혼자서 오래 고민을 하고, 누구의 도움 없이 자신의 생각을 손가락으로 두드려 적는 겁니다. 아, 물론 녹취 등의 구술 인터뷰를 대필하는 작가들도 있지만, 여기에서는 차치하도록 합니다. 옆에서 누가 뭐라 하든 글쓰기는 혼자만의 시간이 필요한 일인데, 불필요하게 타인의 의견에 휘둘려 마음의 상처를 받거나, 지나친 자만을 얻어서는 좋은 글을 쓸 수 없을 거예요.

합평 시간에 칭찬을 좀 받았다고 지나치게 어깨가 빵빵해

져도 곤란할 테고, 글을 좀 어설프게 썼다고 이런저런 지적을 받고 자신감이 뚝뚝 떨어져도 곤란할 겁니다. 글쓰기는 자신감의 균형이 중요합니다. 그러니 글쓰기 모임이나 합평 역시 자기가 감당하고 감내할 수 있는 만큼만 취사선택하면 좋겠습니다.

물론, 나는 너무 좋은 사람들과 글쓰기 모임을 하고 있고, 이들과 글에 대해 이야기 나누는 게 좋다, 내 글쓰기 인생에서 이 사람들을 만난 것은 커다란 행운이며, 이들과 함께 할수록 내 글쓰기 실력은 높아져만 간다, 하는 분들이 있다면, 꾸준히 그 모임을 유지하길 바랍니다.

제가 하고자 하는 말은, 글쓰기 모임이나 합평을 하지 않는다고 해서 불안해할 필요는 없다는 겁니다. 필사와 합평은 글을 쓰는 사람들이 많이 하는 글쓰기 훈련법이지만, 저처럼 이런 것들을 전혀 하지 않으면서도 글을 쓰고 책을 내는 인간들은 존재하니까요. 제가 뭐 천재 작가라서 그런 건 당연히 아닐 테고요.

그렇다고 글을 어디에도 공개하지 않고 혼자만 간직하고 있는 것 또한 좋은 방법 같지는 않습니다. 이쯤 되면, 아, 무명 글쟁이 이경, 너는 대체 뭘 어찌하라는 것이냐, 생각하실지 모르겠습니다만, 글쎄요. 어찌해야 할까요. 뭐 어찌하든 간에 저는 이렇게 책을 세 권, 네 권까지 써왔으니, 제 이야기를 계속 들어보시면 어떠한 실마리가 풀릴지도 모르는 일 아니겠습니까? 뭐, 영 실마리가 풀리지 않는다고 하더라도 제가 해드릴 수 있는 일은 딱히 없겠습니다.

글쓰기는 결국 혼자만의 힘으로 해야 하니까요.

단어 의심하기

　지금까지는 글쓰기에 있어서 그다지 도움이 될 만한 이야기를 못 드린 것 같습니다. 글쓰기의 가장 기본적인 원칙을 알려드린 것 말고는, 필사든 합평이든, 자기한테 맞으면 해보시고 아님 말고, 하는듯한 약간은 무책임한 글이 아니었나 싶군요. 그러니 으음 무명 글쟁이 이경, 이거이거 글쓰기에 아무런 도움이 안 되는 소리만 해대는구나 하실 수도 있을 것 같습니다.

　그리하여 이번에는 실제 글쓰기에 있어 도움이 될 만한 내용을 알려드리면 어떨까 싶네요. 바로 단어 의심하기입니다.

글을 쓰면서 항상 단어를 의심할 줄 알아야겠습니다. 모르는 단어, 알쏭달쏭한 단어는 당연히 사전을 찾아서 뜻을 확인해 봐야 할 테고, 아, 이 단어의 뜻은 내가 확실히 알지, 싶은 경우에도 의심하는 습관이 있어야겠습니다.

이 책을 보시는 독자 중에서는 분명 출간의 꿈을 갖고 있는 분도 있겠지요? 개인이 보는 일기장이나 쉽게 수정이 가능한 온라인에서의 글은 그나마 괜찮겠습니다만, 종이책은 문신과도 같습니다. 한번 쓰이고 나면 고치기가 어렵습니다. 그러니 수정이 어려운 종이책을 목표로 한 글쓰기에서는 반드시 단어를 점검하고 확인하는 습관을 들여야 합니다.

여러분의 글쓰기 실력이 일취월장하여 책을 내게 되었는데, 원고에 뜻을 모르고 대충 쓴 단어가 있다거나 아예 틀려먹은 단어가 있다고 칩시다. 매의 눈을 가진 편집자가 지적하여 출간 전에 교정을 할 수 있다면 커다란 행운이겠지만, 만약 편집자도 음, 이건 작가가 어련히 알아서 이런 뜻으로 썼겠지, 하고 넘어간다면 끔찍한 결과물이 탄생할지도 모릅니다.

특히나 한자로 구성된 단어는 여러분들을 쉽게 배신할 수 있습니다. 내가 알고 있는 단어의 뜻이 사실은 전혀 다른 뜻이었다는 사실을 알게 되면 글쓴이는 말도 못하게 큰 배신감을 느끼고, 자다가 부끄러워 이불을 발로 찰지도 모르겠습니다. 물론 저에게도 이런 경험이 있습니다.

《힘 빼고 스윙스윙 랄랄라》라는 골프 에세이 원고를 교정볼 때의 일입니다. 원고에 '목례目禮'라는 단어를 쓴 일이 있는데, 저는 아무 생각 없이 이게 당연히 '목으로 하는 인사'겠거니 생각했습니다. '목례'의 '례'가 '예절 예禮'이니 '목'자도 당연히 한자어일 테고, 그렇다면 '목'은 '눈 목目'이라는 생각이 들어야 했을 텐데요. 제가 이렇게나 좀 멍청한 구석이 있습니다.

다행히도 저에게는 매의 눈을 가진 담당 편집자님이 있었습니다. 편집자님은 저에게, 목례는 목으로 하는 인사가 아니라 '눈으로 하는 가벼운 인사'라고 알려주었습니다. 제가 원고에서 실제로 하고 싶었던 표현은 목을 수그려 가볍게 하는 인사였지, 눈인사는 아니었습니다. 믿고 있던 단어의 배신으로 제가 전달하려던 뜻과는 살짝 다른 표현을 책에 담을 뻔 했습니다만, 편집자님의 도움으로 출간 전 수정을 할 수 있었습니다.

같은 편집자님이 얼마 전에 SNS에서 알려주신 한 단어의 뜻도 놀라웠습니다. 우리는 가끔 '소정의 상품', 뭐 이런 표현을 접하고는 하는데요. 십중팔구는 아마 '소정'을 '적은 금액' 정도의 뜻으로 알고 있지 않을까 싶어요. 물론 저도 그런 뜻으로 알고 있었습니다. 누군가 소정의 금액을 주겠다고 하면, 주려면 많이 주지 왜 적게 주는 건가, 하는 생각을 하지 않았겠습니까.

그런데 놀랍게도 '소정'은 적은 금액이라는 뜻이 아니라 '정해진 바'라는 뜻이었습니다. 그러니까 누군가 '소정의 금액'이라고 한다면 이것은 정해진 금액이라는 뜻이지, 적은 금액인지 아닌지는 모른다는 얘기죠. 저에게 '소정所定'의 뜻은 충격과 공포였습니다. 이 글을 읽는 분들은 '소정'의 뜻을 제대로 알고 계셨나요?

안다고 생각했던 단어의 배신 사례가 재밌지 않습니까? 재밌으니 하나만 더 예를 들어볼까요? 동계올림픽 시즌이 되면 우리는 특히나 한 종목을 열심히 보곤 합니다. 바로 빙판 위를 달리는 쇼트트랙인데요. 코너를 돌며 생기는 조그마한 틈을 파고들면서 순위가 바뀌는, 그야말로 순발력과 민첩성, 스

피드를 겨루는 운동이라고 할 수 있겠습니다. 이렇다 보니 쇼트트랙 선수들은 누구랄 것 없이 결승선 앞에서 자신의 발을 내밀어 조금이라도 기록을 앞당기려고 합니다. 두 명 이상의 선수가 발을 내밀게 되면 카메라를 이용해 누구의 발이 더 빨랐는지 확인을 하고, 이때 캐스터는 높은 확률로 이런 멘트를 꺼내들곤 하죠. "간발의 차이였습니다."

그러니까 왠지 간발의 차이에 나오는 '간발'이라는 단어를 떠올리면, 간신히 발 하나 차이 나는 뭐 그런 정도의 느낌이 납니다. 그렇지 않나요? 이거 혹시 저만 그런 건가요? 네? 이쯤 되면 눈치를 채셨겠지만, '간발'은 '발足'하고는 아무런 상관이 없는 단어로 '사이 간間'과 '터럭 발髮'을 씁니다. 발보다 훨씬 미세하고도 가는, 털 하나 정도의 차이가 바로 '간발間髮'이었던 거지요.

이처럼, 글을 쓰다 보면 이 단어는 당연히 이런 뜻이겠지, 하던 게 사실은 전혀 다른 뜻을 지닌 경우가 많습니다. 믿고 있던 단어의 배신이랄까요.

자신의 생각을 명확한 단어로 연결 지을 수 있다면 글을 쓰고 나서, 불필요한 수정의 시간도 줄어들 겁니다. 보기에 좋은 음식이 맛도 좋다는 얘기가 있죠? 글쓰기의 실력을 한번에 확 올려줄 만한 비법이 혹여나 하나라도 있다면, 그건 정확한 단어와 올바른 맞춤법을 사용했을 때가 아닌가 싶습니다.

그러니 불명확한 단어를 의심할 줄 아는 습관이 있으면 좋습니다. 그러기 위해선 역시 사전을 자주 찾아보는 게 가장 좋겠습니다. 종이책 사전도 필요 없습니다. 포털 사이트 어학사전을 찾아보면 바로 단어의 뜻이 뜨는 스마트한 세상 아니겠습니까.

단어의 뜻을 찾아 헤매다 보면 자연스레 맞춤법에도 신경을 쓰게 됩니다. 내가 맞춤법에 많이 약하다 싶으신 분들은 가벼운 맞춤법 책을 하나쯤 사서 읽어보는 게 좋습니다. '-예요'와 '-이에요'를 어떻게 구분하는지만 알게 되어도 추후 글 수정의 시간이 줄어들고 글쓰기에 자신감이 붙을 수 있습니다.

그렇다면 무명 글쟁이 이경은 그냥 이 페이지에서 '-예요'와 '-이에요'의 구분법을 알려주면 될 것 아닌가, 싶으시겠지만 알려드린다고 그게 머릿속에 들어오겠습니까? 제 책은 맞춤법 책은 아니니까 알려드린다 해도 기억이 나지 않을 겁니다. 그러니 저보다는 훨씬 전문적이고 체계적으로 알려주는 맞춤법 책을 하나 사서 읽어보시길 권합니다.

맞춤법과 달리 띄어쓰기는 조금 예외적인 부분이 있습니다. 띄어쓰기에는 워낙에 특수한 경우가 많기 때문인데요. 가령 '해 질 녘'이라는 단어는 음절 하나하나 모두 띄어 쓰지만, 출판사나 편집자의 재량에 따라 모두 붙여서 쓰기도 합니다. 책에서 '해질녘'이라는 단어를 보신 분도 분명 계시겠죠?

머릿속에 자신이 표현하고 싶은 걸 정확한 단어로 표현하는 것. 그리고 그 단어의 맞춤법을 틀리지 않고 올바르게 적는 것. 이 두 가지가 이뤄진다면 글의 외형은 몰라보게 보기 좋아질 겁니다. 당장 인터넷에서 '90% 이상이 틀리는 맞춤법' 같은 게시물만 보더라도 도움이 됩니다.

당연하다고 생각했던 걸 의심해보는 것.

글쓰기가 어려운 이유는 이런 의심이 부족하기 때문인지도 모르겠습니다.

글의 분위기는 무엇으로 결정될까

안녕하십니까, 일경도 삼경도 사경도, 사서삼경도 아닌 무명 글쟁이 이경입니다. 벌써 여섯 번째 시간입니다. 첫 번째 시간에 글쓰기 잘하는 비법 따윈 없다고 말씀드렸는데, 여태까지 이 책을 붙잡고 읽어주시는 데에는 그만큼 글을 잘 써보고 싶다, 하는 간절함에 지푸라기라도 잡아볼까 하는 심정, 혹은 이 페이지에서는 이 무명 글쟁이가 어떤 헛소리를 해댈까 하는 단순한 궁금증의 발동이 아니겠는가 싶습니다. 뭐 이러니저러니 해도 제가 쓴 책을 끝까지 읽어주시면 감사합니다.

각설하고, 이쯤에서 복습을 해볼까요. 첫 번째 시간에 글은 왼쪽에서 시작해 오른쪽으로 쓴다는 점, 위에서 아래로 쓴다는 점을 확인했습니다. 누구나 알고 있던, 새로울 게 전혀 없는 내용이죠. 비판적 사고를 해보라는 말씀도 드렸고요. 그리고는 필사와 합평을 두고 취사선택에 대한 고민을 해보라고 썼습니다. 고민해 보신 분도 계실 테고, 아이고 나는 필사, 합평 그거 생각하니까 머리 아프다, 생각 안 할란다, 하시는 분들도 계실 텐데, 제가 뭐 어찌하겠습니까. 글쓰기란 어차피 혼자의 힘으로 하는 건데.

이 책을 읽는 분들이 앞으로 어떤 글을 쓸지 저는 알 수가 없습니다. 소설을 쓸지, 에세이를 쓸지, 자기계발서를 쓸지, 쓰레기를 쓸지, 새 역사를 쓸지. 무얼 쓰든 간에 우리에게는 종이와 펜이 있고, 모니터와 키보드가 있으며, 왼쪽에서 시작하는 글이 오른쪽으로 나아간다는 기본 원칙을 알고 있습니다. 그러니 이제는 슬슬 뭐라도 써야 할 시간이 되었습니다. 쓸 수 있는 시간이 되었습니다. 그런데 글을 시작하기 전에 의식적으로든 무의식적으로든 하나 정해야 할 것이 있습니다. 뭘까요.

바로 어떠한 문체법으로 글을 쓸 것인가 입니다. 이 선택에 따라 문장의 종결어미가 달라질 테니, 정말 중요한 선택이 아닐 수 없습니다. 간단히 말해 평어체는 낮춤말이오, 경어체는 높임말이라고 할 수 있겠는데요. 사실 국어사전에 '평어체'라는 단어는 등재가 안 됐는데 그냥 그러려니 하세요. 깊게 파고들면 머리 아픕니다. 괜히 이론을 꺼내들면 서로 지치기만 하고, 저도 배움이 미천하여 이론에는 약하기도 합니다. 하지만 사전엔 없어도 '평어체'라는 단어는 널리 쓰이고 있으니 한번 언급해 보았습니다.

높임법에 따라 하오체, 합쇼체 등이 경어체라고 할 수 있을 텐데요. 희한하게 이 '경어체'의 반대에 해당하는 단어는 없습니다. 그래서 아마도 사람들이 '평어체'라는 단어를 만들어 낸 게 아닐까 싶은데, 역시나 용어에 대한 이론적 접근은 머리가 아프니까, 여기서는 단순하게 낮춤말, 높임말로 진행하면 어떨까요. 흔히 이야기하는 반말, 존댓말로 이해하셔도 좋겠습니다.

글에서 풍기는 분위기의 절반 정도는 이 낮춤말과 높임말에서 결정이 난다고 보셔도 될 것 같습니다. 절반 정도라고 말씀드리는 건, 그게 꼭 그렇다는 건 아니란 이야기겠지요?

보통 낮춤말로 쓰는 글의 장점으로는 문장을 간결하게 쓸 수 있고, 메시지 전달이 뚜렷하고, 신뢰성이 느껴지고 어쩌고저쩌고, 높임말로 쓰는 글의 장점으로는 친근하고 따뜻하고 또 블라블라, 하는데 이건 다 일반적으로 보통 그렇다는 얘기지 꼭 그렇다는 건 아닙니다.

제가 쓴 책을 예로 들어보겠습니다. 저는 《작가님? 작가님!》이라는 장편 소설로 데뷔를 했는데요. 작가 지망생인 화자가 연상의 작가에게 자신의 이야기를 전하는 서간체 소설입니다. 그러다 보니 대부분의 문장 전체가 높임말로 쓰였습니다. 아아, 글이 얼마나 담백하고 따뜻한지 말이에요.

두 번째 책 《힘 빼고 스윙스윙 랄랄라》는 초보 골퍼가 집 앞 연습장에서 골프를 배우며 처음 필드에 나가기까지의 여정을 그린 운동 에세이입니다. 낮춤말로 이야기를 끌고 나갔는데요. 아아, 글이 얼마나 유쾌하고 재미난지 말이에요.

세 번째 책 《난생처음 내 책》은 앞선 두 책과 달리 꼭지에 따라 낮춤말과 높임말을 섞어 쓴 책입니다. 이렇게 대략적으로 설명을 드리지만, 정확하게 글의 분위기가 어떻게 다른지 확인을 하기 위해서는 역시 직접 읽어보시는 게 좋습니다. 그러니 제 책을 모두 사서 읽어봐 달라는 얘기입니다. 네?

 앞서, 낮춤말로 쓸지 높임말로 쓸지에 따라 글의 분위기가 어느 정도 정해지긴 하지만, 절반 정도라고 말씀드렸습니다. 나머지 절반은 어떨까요. 저는 작가의 역량에 따라 얼마든지 분위기를 유지시키든 전복시키든, 할 수 있다고 생각합니다. 우리는 살면서 수많은 사람을 만나고 그 첫 만남에 고민을 하게 됩니다. 내가 이 사람에게 반말을 해도 될까, 존대를 해야 할까. 그건 상대방도 마찬가지겠죠. 우리말에는 이 높임법이라는 게 있어서 좀 머리가 아프기도 하고, 그 덕에 예의라는 게 갖춰지는 거 같기도 하고 말이죠. 이 역시 머리가 아프니 더 깊게 들어가진 않겠습니다.

 근데 대화를 하다 보면 독특한 사람들이 분명 있잖습니까. 반말을 툭툭 내뱉는데도 어쩐지 기분 나쁘지 않은 유쾌한 말투가 있는가 하면, 시종일관 존댓말을 하는데도 어쩐지 기분이 나빠지는 말투. 작가의 역량에 따라 이 독특함을 글에 적용시키면 높임법과 상관없이 얼마든지 글의 분위기를 이끌어 나갈 수 있습니다. 저의 지금 글투는 어떻습니까. 높임말로 쓰고 있긴 합니다만, 어쩐지 좀 잘난 척하는 거 같아서 재수가 없진 않습니까? 아님 말고요.

같은 내용의 문장이라도 낮춤말과 높임말에 따라 분위기는 분명 달라집니다. 하지만 개인의 역량에 따라 일반적인 분위기는 전복시킬 수 있습니다. 낮춤말로 쓰였지만 한없이 따뜻함이 느껴지는 글. 높임말로 쓰였지만 구역질이 나는 글. 저는 그런 전복에서 글의 독특함과 개성이 나온다고 생각합니다. 그러니 글은 어쩌면 형식이 아닌 내용이 더 중요한지도 모르겠습니다.

글쓰기를 잘할 수 있는 정해진 비법 따윈 없고, 각자에게 맞는 옷을 찾아가는 것. 그것이 겨우나마 글을 잘 쓸 수 있는 방법이라 생각합니다. 낮춤말로 할지 높임말로 할지, 자신이 쓰려는 글이 어떤 식의 문체여야 독자에게 더 가닿을 수 있을지, 자신의 개성을 강화시킬 수 있는 글의 형식은 어떠한 것인지.

글을 쓰는 시간은 짧아도 좋습니다. 하지만 글을 쓰기 위해 이런저런 고민을 하는 시간은 충분히 길어도 좋다고 생각합니다. 글을 잘 쓰고 싶은데. 책을 하나 내고 싶은데. 내가 쓰려는 글과 가장 어울리는 글투는 무엇인가. 내가 자주 쓰는 단어의 뜻을 나는 알고 있는가. 필사와 합평이 나에게 도움이 될 것인가. 뭐 이런 것들 말입니다.

아, 나는 낮춤말이나 높임말이나 별로 차이가 없는 것 같다, 하는 작가 지망생이라면 그냥 높임말로 쓰세요. 높임말로 쓰게 되면 낮춤말에 비해 글자 수가 늘어나서 원고의 양을 늘리는 데 훨씬 도움이 됩니다. 아아, 이건 초보 작가 지망생에겐 굉장히 실용적인 글쓰기 팁이 아니겠습니까? 이 책을 보시고, 혹시 이경도 분량 채우기가 힘들어 이렇게 높임말로 쓰고 있는 것인가, 의심하는 분도 계시겠지만 그렇지 않습니다. 믿어주세요. 빌리브 미.

어쨌든 너무나도 당연한 것을 비법인 양 떠들어대니 몹시 송구합니다. 송구함을 뒤로하고 이런 고민의 답이 정해졌다면 이제 본격적인 시간이 되었습니다. 무슨 시간?

바로 '글쓰기' 버튼을 눌러야 할 시간입니다.

2장

작가의
쓴소리

작가가 되고 싶니

무명 글쟁이 이경입니다. 어느새 두 번째 파트로 넘어왔습니다. 이 책은 비록 무명이긴 합니다만, 여차저차 출판사 투고로 책을 세 권 내어본 글쟁이인 제가 그동안 간직하고 있던 소소한 글쓰기 팁을 전달 드리는 실용서 겸 작법서입니다.

사실 뻥이에요. 앞선 파트에서 말했지만 '글쓰기 비법' 그런 게 어디 있겠습니까. 세상에는 많은 작법서가 있지만, 사람은 살아가는 환경과 스타일이 모두 달라, 누군가에겐 도움이 되는 것도 누군가에겐 쓰레기로 보일 수 있는 법. 결국은 세상 많은 일이 그렇듯 글쓰기 또한 진리의 '케바케'라는 것이

이 책의 요지라는 점을 다시 한번 말씀드립니다.

그러니까 이건 그냥 저 잘난 척하고 싶어서 쓰는 글이랄까요. 예전에 한 인문학자가 TV에 나와 인문학 강사들이 가장 좋아하는 게 강연이라고, 인문학 강사들은 그 강연을 통해 잘난 척을 하려고 공부를 한다, 뭐 이런 뉘앙스의 말을 뱉은 적이 있는데요. 저는 사람들 앞에 나서서 강연을 할 재주는 없고, 그저 이렇게 글을 써왔다, 하고서 내 맘대로 떠들어대는 시간이니 계속해서 보실 분들은 보시고, 아, 이 사람은 이렇게 글을 써서 여태껏 무명의 늪에서 벗어나지 못하고 있구나, 나는 절대 이렇게 살진 말아야지 하면서, 저를 반면교사 삼으셔도 좋겠고, 혹은 타산지석 삼으셔도 좋겠습니다.

인터넷에서 벌어지는 쌈박질의 90%는 같은 단어를 두고 달리 해석을 해서 일어난다는 말이 있습니다. 요즘 사회적으로 가장 많은 다툼을 일으키는 단어라면 역시 '페미니즘'이 아닐까 싶은데요. 이 '페미니즘'이란 단어를 두고서 사람들의 생각이 워낙 여러 갈래로 나뉘기 때문입니다. '페미니즘'을 말할 때, 누군가는 순한 맛의 페미니즘을 이야기하고, 또 누군가는 아주 매운 맛의, 소위 말하는 래디컬 페미니즘을 말하기도 하고, 또 누군가는 '남성혐오'를 떠올리기도 할 테고, 또 누군가는 '양성평등'을 떠올릴 테고 말이죠. 그러니까 서로가 한 단어를 두고 어떻게 해석하느냐에 따라 인터넷 세상에서 소통이 될지, 개판오분전이 될지가 결정 난다고 할 수 있겠습니다. 뭐 인터넷 세상뿐 아니라 오프라인 세상에서도 마찬가지겠습니다만.

각설하고, 많은 작가 지망생들이 어떤 소재로 어떤 주제의 글을 쓸까, 하는 고민은 있는 거 같은데… 작가란 무엇일까 하는 고민, 작가가 대체 무엇이기에 나는 작가가 되기를 소망하고 희망하고 열망하고 갈망하고, 이러다가 그저 망하기만 할 것 같은데, 왜 나는 굳이 작가, 그거를 꿈꾸고 바라는가, 작가 그게 대체 뭐길래… 하는 고민은 거의 하질 않는 것 같다는 생각이 듭니다. 그러니까 한 단어를 두고 많은 이들의 생각이 다르듯, 작가 지망생들이 생각하는 '작가' 또한 다를 텐데요. 내가 생각하는 '작가'에 대해 한번쯤 고민을 해보시면 앞으로 글을 쓰는 데에 있어서 적잖이 도움이 될 것이란 말씀입니다.

자, 그러면 제가 생각하는 '작가'란 무엇이었나. 그다지 궁금하지 않으시더라도 한번 나불거려 보겠습니다. 사전에 '작가'를 치면, '문학 작품, 사진, 그림, 조각 따위의 예술품을 창작하는 사람'(표준국어대사전 기준)으로 나와 있습니다.

이 책을 읽는 분들은 대부분 글작가를 지망하실 것 같으니, 뒤에 붙은 사진, 그림, 조각은 차치하도록 하고요. 그럼 앞서 붙어 있는 '문학 작품'이란 무엇인가. 사전에 '문학'을 검색해 보아야 할 시간이군요. 사전에서 알려주는 '문학'이란 '사상이나 감정을 언어로 표현한 예술. 또는 그런 작품. 시, 소설, 희곡, 수필, 평론 따위가 있다.'입니다.

저는 대체로 단어를 쓰고 말할 때는 사전적 의미를 따르려고 하는 편인데요. 사전에서 알려준 작가에는 분명 어떤 벽이 느껴지죠. 글을 쓰는 작가의 경우 문학 작품을 다루는 사람이라고 정의 내리다 보니 경제경영서나 자기계발서를 쓰는 사람은 작가라기보다는 저자 혹은 전문가라고 불러야 하지 않나 하는 생각이 들기도 합니다. 실제로 한 편집자는 자신의 책을 통해, 문학 작품을 다루는 사람은 '작가'로 칭하고, 문학이 아닌 책을 쓰는 사람은 '저자'로 구분 짓기도 했습니다.

앞서 말했지만, 저는 될 수 있는 한 사전적 의미를 따르려고 하는 편입니다. 고로 제가 지망생 시절 생각하던 작가란 문학 작품을 다루는 사람이었고, 그중에서도 제가 쓰려 했던 장르는 소설이나 수필이었습니다. 지금껏 장편 소설 1종과 에세이 2종의 책을 내었으니, 제가 지망하던 길로 나름 잘 나아가고 있다고 생각합니다. 아무튼 제가 생각하는 '작가'는 이래 왔는데 요즘의 세상은 어떤가요.

한 예능인은 자신의 책에서 개나 소나 글을 쓴다고 썼습니다. 자신이 글을 쓴다는 것에 빗댄 자조적 농담이었습니다만, 실제로 많은 사람들이 작가, 작가, 나도 작가 그거 할래, 하는 세상이 되었습니다. 심지어 한 글쓰기 플랫폼에서는, 자신들의 매체에 글을 쓰는 사람들을 가리켜, 당신은 작가입니다, 하지 않겠습니까. 글쓰기 플랫폼에 모인 사람들이 작가에 가까운지, 작가 지망생에 가까운지는 역시나 각자의 생각에 따라 달라지겠습니다.

이렇듯 사람마다 한 단어를 두고 가지고 있는 생각이 다들 다르기 때문에, 누군가는 글쓰기 플랫폼에 글을 쓸 수 있는 것만으로도 "내가 작가입니다! 엣헴!" 할 수도 있을 테고, 또 저처럼 구시대적으로다가 그저 사전적 의미에 기대어, 모름지기 문학을 해야 작가라고 할 수 있지… 하는 편협한 시선을 가질 수도 있는 거겠죠.

사실 자기가 스스로 작가라고 부르는데 누가 뭐라고 하겠습니까. 게다가 요즘은 누구라도 책을 낼 수 있는 시대죠. 자비출판, POD, 독립출판 등등 방식도 여럿 있습니다. 그러니까 문학이든 비문학이든 장르를 막론하고 써둔 글만 있으면 종이에 인쇄를 하고, 책으로 묶어, 스스로 작가 타이틀을 부여할 수 있는 시대가 되었습니다. 누군가는 매일 글을 쓰는 사람, 그것이 작가이다, 하는 말을 하기도 합니다만, 우리는 일기만 쓰는 사람을 가리켜 작가라고 부르진 않으니까요. 이 역시 따지고 들면 아옹다옹할 여지가 있는 말이겠습니다.

어쨌든 결국 요즘 세상에 '작가'란, 사람들마다 달리 생각하는 굉장히 폭넓은 단어가 되어버린 것 같습니다. 저는 '작가'는 어떤 사람이고 어떤 글을 써야 하는 걸까, 하는 고민을 좀 많이 해온 편입니다. 《난생처음 내 책》의 프롤로그에는 이런 '작가'의 단어를 두고 고민하는 모습을 적어두기도 했는데요. 아, 그러니까 이건 제 책을 조금이나 더 널리 알리려는 수작인 셈입니다. 궁금하신 분들은 책을 좀 사서 읽어 달라 이거예요. 네?

영화 〈타짜〉에서 평경장이 타짜를 꿈꾸는 고니에게 묻지 않습니까.

"부자가 되고 싶니?"

평경장과 고니가 생각하던 '부자'는 분명 달랐던 거 같습니다. 평경장은 고니가 어느 정도 벌면 도박판을 벗어날 줄 알았겠지만, 고니는 돈맛에 정신을 못 차리죠. 이쯤에서 작가 지망생 분들은 스스로에게 질문을 던져 봐도 좋겠습니다. 글쓰기 비법이란 게 다른 게 아니에요. 스스로에게 이런 질문을 던져보면 분명 앞으로 내 글을 쓰는 방향에 도움이 됩니다. 스스로 평경장이 되어 질문을 던지고 고니가 되어 대답을 해보세요.

"작가가 되고 싶니?"
내가 생각하는 작가, 그게 무엇인지.

저는 몇 권의 책을 냈지만, 누군가 저를 가리켜 '작가님'이라고 부르면 어딘가 쑥스럽고 부끄럽습니다. 저 스스로를 가리킬 때에는 작가가 아닌, '무명 글쟁이', 혹은 '작자'라고 쓰는데요. 그런 점에서 너무나 쉽게 "제가 바로 작가입니다, 엣헴", 하는 분들을 보면서, 나는 '작가'라는 단어를 너무 무겁게만 생각하는 게 아닌가 싶기도 하고요.

이렇게 된 데에는 분명 이유가 있을 텐데 말이죠. 저는 책을 출간하기 전 〈리드머〉라는 음악 웹진에 글을 썼습니다. 음악 관련 글을 오래 써왔죠. 그러다 보니 가요계에도 관심이 많은데요. 요즘 가요계를 보면, '레전드'를 자처하는 사람들이 참 많죠. 알고 보면 레전드라고 하기엔 '원히트원더'에 가까운, 그저 시대를 잘 만난 사람들이 대부분인데요. 저는 이렇게 추억팔이에 물들어 자위하는 이들을 보며 경멸감이 들었습니다.

그러다 보니 스스로 '나는 작가'라고 말하는 사람을 보면서, 레전드를 자처하는 사람들이 떠올랐고, 저거 참 멋대가리 없는데, 나는 저렇게 살지 말아야지, 하는 생각이 무의식 속에서 무럭무럭 자라났던 것 같아요. 뭐, 이렇게 꼰대가 되어가는 것 아니겠습니까.

이와 관련하여 저는 그룹 들국화의 전인권이 한 예능 프로에 나와 했던 말에 큰 감명을 받기도 했습니다. 정확한 워딩은 아니겠지만, 이런 표현이었습니다.

"호랑이는 자기가 왜 호랑이인지 몰라요. 사람들이 호랑이라고 불러주니까 호랑이가 된 거죠."

제가 생각하는 '작가'란, 전인권이 말한 '호랑이'와 마찬가지였어요. 진정한 작가란, 스스로에게 부여하는 타이틀이 아닌, 사람들이 나를 가리켜 불러줄 때, 비로소 의미가 생기는 것이 아니겠는가.

'작가'라는 단어에 편협한 시선을 가진 저는 그렇게 생각을 해왔습니다.

내가 이거보단 잘 쓰겠다

저는 출판사에 항상 전체 원고를 투고했습니다. 전체 원고라 함은 말 그대로 책 한 권 분량의 원고라고 생각하시면 되겠습니다. 이야기의 시작과 중간, 결말까지 모두 끝낸 채 투고를 하였죠. 이름이 있는 작가의 경우 한두 꼭지의 글이나 아이디어만을 가지고 책을 시작할 수 있겠으나, 무명인 저의 처지는 조금 달랐습니다. 무조건 전체 원고를 다 쓰고 출판사에, 똑똑, 거기 누구 계십니까, 여기 투고자가 있으니 원고를 검토하여 주시길 바랍니다, 하는 방식으로 책 작업을 시작했던 거지요.

그래서 저는 마감이 없는 글쓰기를 해왔어요. 보통 출판사와 작가가 책 작업을 하면, 편집자는 작가의 원고를 기다리기 마련이고, 편집자의 닦달에도 작가가 글을 뱉어내지 않으면 뭐 감금도 하고, 협박도 하고, 빌어도 보고, 용서도 하고, 암튼 스펙터클한 경우가 있는 것도 같습니다. 반면 저는 그동안 늘 원고 전체를 투고하였으니, 오히려 출판사의 일정과 편집자님의 시간을 기다리는 입장이었다고 할까요.

그렇다 보니 저는 마감이 익숙하지 않습니다. 언제까지 10꼭지를 써야 한다면, 그 마감일 훨씬 전에 8, 9꼭지를 써놔야 마음이 편합니다. 심지어 청탁을 받아 글을 쓴 적이 몇 번 있는데 그때도 저는 마감의 압박을 느끼기 싫어 계약을 맺기도 전에 미리 원고를 써서 보내버린 적이 있습니다. 출판사 편집자님들 보고 계십니까? 이 세상에 요정이 있다면 바로 제가 마감 요정입니다.

그렇다고 제가 1년 내내 출간을 목표로 글을 쓰진 않습니다. 저는 보통 1년 12개월 중, 9개월은 생각만 하다가, 한 3개월 정도 바짝 글을 쓰는 거 같아요. 물론 평소 SNS 등에 워낙 많은 헛소리들을 적어놔서 출간용 원고를 작업할 때도 그 헛소리들을 모아 모아 뜯고 고치고 맛보고 하면서 되살리기도 합니다. 그러니까 헛소리라도 여기저기 써놓으면 그게 다 피가 되고 살이 되고 출간용 글이 되고 그러는 거 같아요. 그러니 여러분들도 하고 있는 SNS가 있다면 툭툭 글의 소재가 될 만한 이야기들을 뿌려 놓는 게 하나의 방법이 될 수도 있습니다.

어쨌든 이 책은 아무런 계획 없이 즉흥으로 떠들어대던 글로 시작되어, 독자 분들에게 과연 어떻게 읽힐지 모르겠습니다. 제가 사실 어디 가서 누구한테, 에, 글이란 모름지기 이렇게 써야 합니다, 하고 가르칠만한 깜냥이 전혀 안 되는 사람인데 말이죠. 그럼에도 저는 왜 이런 글쓰기, 또 책 쓰기와 관련된 책을 쓰고 떠들어대는 걸까요.

이거는 말하자면 뭐랄까, 어떤 자신감이랄까. 가끔 몇몇 글쓰기나 책 쓰기 책을 들여다보면, 어, 음, 흠, 쩝, 쩝쩝, 쩝쩝쩝, 내가 이것보단 잘 쓸 수 있겠는데, 하는 생각이 몰려오는 겁니다. 일본의 한 소설가는 사람들이 언제 작가의 꿈을 꾸게 되는가, 하는 글을 쓴 적이 있습니다. 몇 가지 사례를 들었는데 그중 하나가 책을 읽고서는 '이 정도는 나도 쓰겠다' 싶을 때, 바로 그때가 글을 쓰게 되는 때라고 말합니다.

제가 말한 일본의 소설가는 사실 민머리의 노작가인데 말이지요. 노작가께서 머리카락은 없어도 통찰력은 대단하구나 싶습니다. 많은 분들이 다른 이들의 글과 책을 읽으면서, "어이쿠 이 정도는 뭐, 나도 쓰겠구먼." 하는 호기로운 생각으로 글쓰기를 시작하지 않을까 싶어요. 저 역시 누군가에게 글쓰기에 대해서 가르칠 만한 능력이 안 되더라도, 이미 출간된 몇몇 글쓰기 책들을 보며, 이건 좀 지나친 종이 낭비가 아닌가, 내가 최소한 이것보다는 양질의 글을 쓸 수 있겠는 걸, 싶어 이 책을 쓰고 있다는 이야기입니다. 저에게는 투고로 책을 내 본 실전 경험이, 그것도 세 번이나 있지 않겠습니까, 엣헴.

'내가 이거보단 잘 쓰겠다.'

글을 쓰려는 사람에겐 각자 이런 순간이 있었을 테고, 또 찾아올 거예요. 내가 이것보단 잘 쓰겠다, 일수도 있고. 내가 이것보단 잘 쓰진 못하겠지만 비슷한 수준으로 쓸 수 있진 않을까, 일수도 있고요. 혹은, 나는 도저히 이렇게 쓸 수는 없을 것 같지만 그래도 뭔가 써보고 싶어, 일수도 있겠습니다. 무엇이든 그 순간을 기억하면 좋겠습니다. 뭔가 글을 써보고 싶다, 하는 그 어마어마한 에너지가 모니터와 키보드 앞으로 엉덩이를 붙이게끔 할 테니까요.

글쓰기를 잘할 수 있는 방법 혹은 비법, 기법, 방식, 노하우, 팁, 뭐 이런 게 과연 있을까. 글쎄요. 저는 이런 것들이 정해져 있다고 믿지 않습니다. 이 책 안에서도 내내 그걸 말해왔고, 앞으로도 그럴 겁니다. 오히려 글을 쓰고자 하는 욕구, 그러니까 동기부여랄까요. 그런 게 크면 클수록 글 욕심이 생기는 것 같습니다. 머리 아픈 작법서를 아무리 들여다봐도, 단 한 글자도 못 쓸 수가 있습니다. 하지만 정말 멋진 글, 혹은 정말 구린 글을 읽고 나면, 나도 쓰고 싶다, 나도 써보고 싶어, 하는 욕심이 생기는 것 같아요.

무명 글쟁이 이경은 대체 뭔데, 글쓰기 비법이랍시고 책을 쓰고 있는가, 겨우 책 세 권 낸 주제에 무슨 글쓰기를 알려준다는 것인가, 이따구로 글을 쓰니까 여태껏 무명의 늪을 벗어나지 못하는 거 아닌가, 하고서 제가 알려드리는 정반대의 방법으로 글을 써보시는 것도 좋을 테고요.

글쓰기는 각자의 역량에 따라 자신에게 맞는 방법을 찾는 게 중요합니다. 누군가는 마감이 글을 쓰게 한다고 믿겠지만, 저처럼 마감 자체가 싫어서 미리미리 써버리는 사람도 있으니까요. 아, 그러니까 다시 말하지만 저는 마감 요정인 것

입니다. 그러니 마감으로 괴로워하는 출판사 편집자님들은
저를 주목하여 주시길 바랍니다.

글쓰기는 타고나는 재능일까 노력일까

글쓰기는 당연히 타고나는 재능입니다. 당연한 걸 묻고 계십니까. 그런데 이렇게 고작 무명 글쟁이의 헛소리나 보고 계시는 여러분은 아무래도 타고난 재능이 없으신 것 같군요. 그러니 당장 글쓰기를 때려치우시길 바랍니다… 라고 제가 말한다면 얼마나 서운하겠습니까. 앞 문장을 읽고 순간 뒷목이 뜨거워졌다거나 반박을 하고픈 마음이 들었다면, 혹은 이 놈의 책을 던져버리고 싶은 마음이 들었다면, 분명 '질투'라는 글쓰기 재능이 있는 게 아닐까 생각합니다. 그러니 반박은 하지 마셔요들.

사전에서 '재능'을 찾아보면 '재주와 능력'이라고 나옵니다. 글을 쓰는 데에 필요한 재능이 타고나는 것인지, 아니면 후천적인 노력으로 만들어질 수 있는지에 대한 의견은 분분하지만 사실 그게 뭐 그렇게 중요한가 싶습니다. 재주와 능력을 가리키는 요소에는 여러 가지가 있을 테니까요.

가령 누군가는 아이디어를 뽑아내는 재주가 훌륭할 수 있겠고, 누군가는 글의 짜임새를 잘 꾸밀 수 있겠고, 또 누군가는 지치지 않고 꾸준히 쓸 수 있는 재주가 있을 겁니다. 앞서 얘기했듯 '질투'가 더없이 좋은 재능이 될 수도 있겠고요.

이런 여러 가지 재능 중에 분명히 타고나야만 하는 것도 있을 겁니다. 농구만화 《슬램덩크》를 보면 '키는 농구 선수에게 최고의 재능'이라고 말하기도 하고요. 저는 노래를 들을 때 가수들의 '음색'을 가장 중요시하기도 합니다. 농구선수의 키나, 가수의 목소리는 분명 타고나는 게 크지 않겠습니까.

이처럼 글쓰기에도 분명 가르쳐서는 할 수 없는 타고나는 '감각'이 있는 것도 같습니다. 저는 이게 감수성의 차이에서 오는 게 아닐까 싶기도 하고요. 우리는 흔히 감성을 문과와 이과로 나누기도 하잖아요. 한 TV 방송에서 "눈이 녹으면?"

이라는 질문을 던졌을 때 이과 감성을 가진 사람들은 "물이 됩니다." 하는 현실적인 대답을 한 반면, 문과 감성을 가진 사람들은 "봄이 옵니다." 등으로 대답을 했듯이 말이에요.

사람마다 사물을 바라보고 이해하는 시각 자체가 다릅니다. 서로의 답을 인정하는 사람이 있는가 하면, 서로의 답을 이해 못하고 답답해하는 사람도 분명 있을 테고요.

여러 가지 글쓰기 중에 소설이나 시와 같은 문학 장르의 글을 쓰는 데에는 분명 문과 감성을 지니고 있는 사람이 조금 더 유리하지 않을까 싶습니다. 반면 이과 감성의 사람들이 더 잘 쓸 수 있는 글쓰기도 있겠죠. 주변을 보았을 때 이런 감각은 후천적으로 길러지는 건 아닌 것 같고 타고나는 부분이 큰 것 같아요.

이런 감각을 제외한 대부분, 아니 어쩌면 이런 감각 또한 후천적인 노력으로 어느 정도는 커버가 가능하다고 생각합니다. 첫 꼭지였던 '글쓰기의 1원칙'을 기억하시나요?

글은 왼쪽에서 오른쪽으로, 위에서 아래로 쓴다는 것.

그리고 보통의 문장을 완성하는 데에는 역시 두 가지만 알아두면 되겠죠.

주어를 쓰고, 서술어를 쓰는 것.

그러니 누구라도 글을 쓸 수 있고 문장을 쓸 수 있을 겁니다. 글을 쓰는 데에 쥐똥만큼이라도 조그마한 재능이 있다면 노력을 더해 더 좋은 글을 쓸 수 있을 거예요.

글을 읽다 보면 술술 읽히는 글과 꽉 막히는 글을 접하는데요. 저는 이게 조사의 활용에서 오는 차이가 아닐까 싶습니다. 한 소설가는 우리말 글쓰기의 90%는 '조사'에 있다고 말하기도 했습니다. 그러니까 흔히 말하는 '은/는/이/가' 말이에요. 인터넷에 그런 밈Meme도 있던데요? 무엇이든 알려주겠다는 신神에게 한글을 배우는 외국인이 묻습니다. "은/는/이/가 구별하는 법을 알려주세요." 그러자 신께서는 이렇게 말합니다. "그것만 빼고 알려줄게."

한국에서 태어나 자연스레 '은/는/이/가'를 구별하게 되어 다행이지, 실제로 외국에서 태어나 우리말을 배운다고 생각하면 이 조사의 활용을 두고는 머리가 아플 것 같습니다. 책을 준비하며 출판사 편집자와 원고를 교정할 때도 가장 고민하는 부분이 이 '은/는/이/가' 같은 조사의 변경입니다. 우리말은 조사에 따라 글의 느낌이 많이도 달라지거든요. 사실 독자는 어떤 조사를 쓰든 전혀 상관하지 않을 것 같기도 한데 글쓴이는 이 조사를 두고 오랜 시간 고민합니다.

글을 쓸 때 가장 어울리는 조사를 바로 집어내는 것은 타고난 감각이 있어야 가능한 일인지도 모르겠습니다. 그러나 글을 쓰고 난 뒤 조사를 변경해보면서 원문의 글과 비교해보는 공을 들이는 것은 분명 노력의 범위가 아닐까 싶어요. 조사만을 예로 들었지만, 다른 품사나 단어의 변경 또한 마찬가지입니다. 이렇게 문장에 시간을 들이고 이런저런 비교와 노력을 더해보면 타고나는 감각을 앞설 수 있다고 생각합니다.

많은 작가들이 "글은 고치면 고칠수록 좋아진다."라는 말을 하죠? 저는 이 '글을 고치는' 행위가 후천적 노력의 90%가 아닐까 싶어요. 물론 아무리 노력을 해도 도저히 다가갈 수 없는, 타고난 감각의 작가들도 있는 것 같습니다. 저는 작가 '이상'과 몇몇 시인에게서 그런 감정을 느끼는데요. 시는 일반적인 글쓰기와는 다른 영역인 것 같아요. 때로 시는 내가 도저히 쓸 수 없는 감각의 영역이구나 싶습니다. 그래서 시를 쓰는 시인들에게서 저는 질투를 느끼기도 합니다. 그런 질투심이 조금 더 시인의 언어에 다가갈 수 있는 문장을 만들어낼 수도 있지 않을까 싶기도 하고요.

자신에게 타고난 재능이 없다고 생각하는 분들은 글을 고치는 데에 많은 시간을 들이는 수밖에 없습니다. 이렇게도 고쳐보고, 저렇게도 고쳐보고. 어떤 문장이 더 좋은 문장인지 모르겠다 싶을 때는, 역시 좋다고 소문난 책을 많이 읽어보는 게 가장 좋은 방법이겠습니다.

저는 한때 가방끈 콤플렉스가 있어서, 글쓰기를 전공한 사람들, 그러니까 국어국문학이나 문예창작을 전공한 사람들이 마음만 먹는다면 저보다 훨씬 좋은 글을 쓸 수 있지 않을까 생각했는데요. 지금 생각하면 꼭 그렇지는 않은 것 같아요. 신춘문예에 오랜 시간 매달린 사람들도 책을 못 내서 고생한다는 이야기를 들었는데, 저는 그래도 생각했던 대로 책도 내고 이렇게 비법이랍시고 잘난 척을 하고 있잖겠습니까.

웬만한 전공자들도 해내지 못하는 책을 턱턱 내고 있는 저의 글쓰기는 타고난 걸까요, 노력의 결과일까요. 여러분, 죄송한데 저는 좀 많이 타고난 것 같습니다. 글이 막 술술 써지는 타입이거든요. 그렇다고 너무 기분 나쁘게만 생각하지는 말아주세요. 글이 잘 써지면 무얼 하겠습니까. 책이 안 팔려서 여태껏 무명의 글쟁이인데요. 그러니 제 책을 좀 사서 읽어달라는 얘깁니다. 네?

정서적 안정을 꾀하자

저는 종종 저를 포함하여 글을 쓰는 이들은 대체로 정신이 온전치 못하다, 하는 농담 같은 진담을 하는데요. 혹시 지금도 농담이라고 생각하는 분들이 계시다면 정신을 차리시길 바랍니다. 이것은 조금의 거짓도 없는 진담이니까요. 지금 이 글을 읽는 분들이 어지간히 글을 쓰는 사람이라면 뭐 다들 공감하시리라 생각합니다. 나는 아니거든, 하고서 빠져나갈 생각일랑 하지 마시길 바랍니다. 거참, 의리 없게 말이야.

2020년 겨울 휴머니스트 출판사에서 개정판으로 나온《편집자란 무엇인가》에는 재미난 앙케트가 실렸습니다. 편집자들에게 선호하는 유형의 작가를 물어 실은 건데요. 그중에 한 편집자는 이런 대답을 내놓았습니다.

'정서적으로 안정된 저자. 매우 드물다.'*

저는 이 대답을 보고서는 거의 소리 내며 웃었는데요. 그 웃음을 글로 표현하면 뭐랄까, 역시 '낄낄낄'이 가장 어울리지 않나 싶습니다. 아마도 책에서 가장 재밌었던 부분이 아닐까 싶어요. 그러니까 이 편집자가 그동안 봐왔던 '작가'라 함은 대부분 정서적으로 불안정하다는 이야기 아니겠습니까. 그렇게 생각하니 이내 웃음이 멈추었고, 저는 저의 지난 시간을 되돌아보게 되었습니다.

아, 나의 담당 편집자님들도 어쩌면 나를 이렇게 생각하였겠구나. 내가 편집자님들에게 메일을 보낼 때마다, 아아아 오늘은 이 정서불안 글쟁이께서 어떤 헛소리를 늘어놓을까, 룰루랄라, 하면서 메일을 열어보진 않았을까, 그게 아니라면 아, 편집자인 나는 피폐하고 가난한 이 작가의 영혼을 어루만져줘야지, 하면서 남다른 직업의식을 보였을지도 모르겠습니다. 어쨌든 편집자들은 프로페셔널이기 때문에 글쟁이들이 암만 정서적으로 불안해하여도, 티내지 않고 우리를 상대해줍니다.

많은 예술가들이 자기만의 세계에 빠져서 불안한 모습을 보이곤 하는데, 특히나 이 글이라는 걸 쓰는 사람들은 대부분 불안한 마음을 가지고 사는 것 같습니다. 글을 쓰지 않던 시절에는 사회성도 그럭저럭 괜찮고 사람 구실하며 살았을 텐데, 어째서인지 우리는 글이라는 세계에 빠지면서 점점 사회성도 잃어가고 세상 모든 일을 글에 결부하여 생각하게 됩니다.

전에는 그럭저럭 괜찮은 관종이었다면, 글을 쓰기 시작하며 우리는 슈퍼 관종이 된달까요. 그렇잖아요? 그러니 매일매일 정서적으로 불안할 수밖에요. 옛말에 울다 웃으면 똥꼬에 털이 난다고 했는데, 아마도 이게 사실이라면 글을 쓰는 이들은 모두 다 수북할 것입니다. 나는 아니거든, 하고서 빠져나갈 생각일랑 하지 마시길 바랍니다.

자, 그럼 조금 더 생각을 해봅시다. 글을 쓰는 이들은 왜 정서적으로 불안한가에 대해서. 글을 쓰는 일, 특히나 글을 쓰고 책을 쓰는 일은 대체로 기다림의 시간입니다. 컵라면 물붓고 온전히 3분을 기다리기는커녕 엘리베이터 문 닫히는 시간도 기다리기 어려워 닫힘 버튼을 꾹꾹 눌러대는 우리네 인생에서 이 한없는 기다림은 글 쓰는 사람들을 병들게 합니다.

일단은 쓰겠다는 순간부터 기다림의 시작입니다. 머릿속에 뱉어낼 게 많은 이들이라면 그나마 사정이 괜찮겠지만, 많은 글쟁이들은 쓸 게 없어 영감이 찾아오길 기다립니다. 기다리고 기다리던 영감이 오질 않으면 우리는 다리를 떨고 손톱을 물어뜯으며 서서히 불안해지기 시작합니다. 그리고 그 불안함은 시간이 갈수록 더 심해집니다. 이런 불안 증세가 심해지면서 가끔은 환청이 들리고, 환시가 보이고, 결국은 마음의 고통이 몸의 고통으로 번지는 경우가 생기기도 합니다. 그러니까 글쟁이들은 '글을 쓰겠다.' 하는 마음을 먹는 순간부터 이미 제정신이 아니게 되어 있습니다.

운이 좋게 영감이라는 게 떠올라 글쓰기를 시작하였다고 칩시다. 꾸역꾸역 식음을 전폐하고 개똥망 같은 글을 완성하였으나, 이번에는 읽어줄 사람을 기다려야 합니다. 우연찮게 읽어줄 사람은 나타났으나, 이번에는 반응을 해줄 사람을 기다려야 합니다. 반응을 해주는 사람이 나타났으나, 그는 안타깝게도 내가 쓴 글의 의도를 파악하지 못하고 악성 댓글을 달아버립니다.

으으, 이 나쁜 사람, 내 글의 의도는 그런 게 아니었다, 하고서 IP를 추적하여 찾아가서는 박박 우겨대고 싶지만, 그러기엔 뭐랄까, 작가의 자존심이랄까 그런 게 나를 붙잡습니다. "어이어이, 겨우 독자 하나의 오독이라고, 진정하라고." 하면서 내면의 침착한 내가 흥분한 나를 안정시킵니다. 결국 글쓴이는 이 기다림의 시간과 독자의 반응에 따라 매일같이 신나고 불안한 마음이 오락가락하는 것입니다.

재미난 것은 선플 100개를 받고서 방긋방긋 웃다가 겨우 악플 하나를 받았다고 절필의 감정을 느끼는 것이 바로 이 '작가'라는 인간들인 것입니다. 이들은 대체로 '인정 욕구'로 똘똘 뭉쳐있기 때문에, 누구 하나가 조그마한 틈을 파고들어 살짝 찌르기만 해도 실제 느끼는 고통이 다른 사람들에 비해 수천, 수만 배에 달하곤 합니다. 물론 이런 아픔 따위 신경 쓰지 않는 대인배인 척하는 글쟁이들도 있지만 그들도 잠들기 전에는 저주 인형을 만들어 자신의 글을 욕보인 자를 향해 저주를 거는 것으로 알려져 있습니다. 나는 아니거든, 하고서 빠져나갈 생각일랑 하지 마시길 바랍니다.

이렇게 영혼이 피폐해진 사람에게는 세상 모든 것이 글감으로 다가옵니다. 때로 글을 쓰는 이들은 나, 혹은 내 주변에 일어나는 온갖 잡다한 이야기들을 글의 소재로 써먹으며, 결국 법이나 도덕적으로 옳지 못한 글까지 쓰기도 합니다. 내가 어느 부분까지 글로 써야 할까 하는 판단력이 흐려져서 일단은 다 써내고 마는 것입니다. 그들에게는 주변의 아픔까지 모두 내 글의 소재로 보이는 것입니다. 지인의 숨기고픈 이야기를 글로 썼다가 문제가 되었던 소설가를 보신 적 있으시죠? 아마도 많은 소설가들이, 아아 나는 어쩌나 하며 두려움에 떨고 있을지도 모릅니다.

어쩌면 글쓴이들이 가장 어려워하는 게 사람을 상대하는 일인지도 모르겠습니다. 이 글을 읽는 여러분이 운이 좋아서든 실력이 있어서든 출간의 기회가 닿아 편집자를 만났다고 칩시다. 여러분은 편집자에게 원고를 보내주고 피드백을 받길 기다립니다. A4 수십 장에 달하는 원고 파일을 보내고 나면, 5분 만에 동공이 흐려지고 입안은 바싹바싹 마르기 시작합니다.

수시로 수신확인을 하여 편집자가 메일을 열어보았는지 체크를 합니다. 어떨까, 나의 글은 어떻게 읽힐까. 편집자가 수신확인을 하자마자 여러분은 온갖 상상의 나래를 펴기 시작합니다. 그러다 한두 시간이 지나면 다시 또 다리를 떨고 손톱을 물어뜯으며 메일함을 쳐다보는 겁니다. 왜! 왜 피드백이 없는 거지, 대체 왜!

사실 여러분의 편집자는 메일을 열고선 읽지도 않고 점심을 먹으러 나갔는데 말이죠. 초조하고 불안한 여러분께서는 끼니도 잊은 채 그저 메일함만 지켜보며, 편집자가 내 글을 어떻게 읽어줄지, 역시나 또다시 기다리는 겁니다. 글쓰기란 이렇게나 빌어먹을 기다림의 연속입니다.

한참의 시간이 흘러 마침내 기다리던 편집자의 답장 메일이 옵니다. 메일에는 별다른 내용도 없이 그저 이렇게만 쓰여 있을 뿐이겠죠.

"작가님, 안녕하세요. 작가님이 기다리실까 봐 빨리 답장을 드렸어야 했는데 업무가 바빠 조금 늦어졌습니다. 보내주신 글은 천천히 읽어보고 연락드리도록 할게요. 즐거운 오후 보내시고요, 어쩌고 저쩌고, 블라블라….."

글을 쓰는 이들은 대체로 관심 종자이고, 구조적으로 불안할 수밖에 없습니다. 그러니 될 수 있는 한 정서적 안정을 꾀

하는 것이 좋습니다. 그것이 글을 쓰는 데에도, 사람 관계에도, 여러모로 좋습니다. 우울증을 앓는다면 약을 먹어야 합니다. 조울증이라면 역시 그에 해당하는 약을 먹어야 합니다. 정신이 아닌 몸에 병이 있다면 역시 치료를 받고 약을 먹고 재활을 해야 합니다.

좋은 글은 그럭저럭 괜찮은 몸과 마음에서 나오는 법입니다. 아니면 아예 약을 끊고 정신줄을 놓아버리고서는 그러한 정신세계를 그리는 글을 쓰는 것도 괜찮은 방법입니다. 뭐 어찌 됐든 글을 쓰는 이들은 정서적으로 불안한 존재들이니까요. 글쓰기 팁이라는 주제 하에 쓰고 있는 글이지만 사실은 저도 불안한 인간이긴 매한가지. 누가 누굴 가르치겠다는 건지 모르겠군요.

이번 꼭지에 쓴 글은 마치 거울 속에 있는 저를 보며 하고 있는 말이나 다름없습니다. 뭐, 그래도 저는 이러한 불안한 정서를 갖고서도 책을 세 권이나 써내지 않았습니까. 이 책을 보고 계시는 작가 지망생들께서는 저를 너무 부러워하지 마시길 바랍니다.

지나친 질투는 역시 정서적으로 좋지 않으니까요.

---

*《편집자란 무엇인가》(개정판) 김학원 (휴머니스트, 2020)

작가라면 누구나 가지고 있을 마음 : 문인상경

문인상경文人相輕
문인들은 서로 경멸한다는 말로, 문필가는 자기 문장을 과신하여
동료들의 글솜씨를 과소평가하는 경향이 있다는 뜻.

얼마 전 인터넷을 돌아다니는데 누군가 '문인상경' 이야기
를 꺼내서, 아 그래그래, 이거 너무 재미난 사자성어네, 글쟁
이라면 누구라도 이런 마음을 가지고 있을 테지, 싶었습니
다. 그도 그럴 게 예전부터 경험을 통해 비슷한 생각을 늘 해
왔기 때문입니다.

첫 책을 준비할 때 작가들의 아포리즘Aphorism 책을 종종 보았는데요. '아포리즘'이 무엇인가 하면, 깊은 체험적 진리를 간결하고 압축된 형식으로 나타낸 짧은 글이라는 뜻인데, 한마디로 그냥 '명언'이라고 보시면 되겠습니다. 그러니까 저는 첫 책을 준비할 때 작가들의 명언이 담긴 '명언집'을 즐겨 보았다는 이야기입니다. 그냥 처음부터 '명언집'을 보았다고 하면 그만이지, 왜 '아포리즘' 같은 단어를 썼느냐 싶으시겠지만, 저도 이런 단어를 통해 한번쯤은 잘난 척을 해야 하지 않겠습니까.

여하튼 이런 명언집에서 '주변 작가'를 논하는 작가들의 이야기를 보았는데요. 작가들이 말하는 주변 작가라는 게, 같이 어울릴 필요가 없다는 이야기가 대부분이었습니다. 그러니까 글을 쓰는 데에 주변 작가의 의견이나 생각 따위는 불필요하며, 들어봐야 아무런 도움이 안 된다는 이야기이지요. 작가들 사이에 '동료애' 같은 단어는 없어보였어요.

영화 〈미드나잇 인 파리〉를 보셨나요? 과거로 시간여행을 떠난 주인공이 헤밍웨이를 만나 자신이 쓴 글을 봐달라고 말하지만, 헤밍웨이는 이런 말을 하며 거절을 합니다.

"못 쓴 글을 보면 짜증이 날 테고, 잘 쓴 글을 보면 질투가

날 테니까."

저는 영화 속 헤밍웨이의 이 대사를 참 좋아하는데요. 이게 대표적인 '문인상경'의 모습이 아닌가 싶어요.

저는 살면서 누군가의 글을 보며 오장육부가 뒤틀릴 정도로 심한 질투를 느껴본 적은 없습니다. 아마 저에게도 다른 글쓴이들을 평가 절하하려는 '문인상경'의 마음이 깃들어 있는 건지 모르겠습니다. 다만 어린 나이에 천재성을 발휘한 뮤지션의 가사를 보면서는 가끔 질투를 느낍니다. 저는 제가 쓰는 대부분의 글쓰기를 노랫말에서 배웠다고 말하기도 하는데, 며칠 전에는 문득 전람회의 〈기억의 습작〉을 들으며, 으으으 김동률은 어린 나이에 어떻게 이런 가사를 쓸 수 있었던 거지, 하면서 질투를 느끼기도 하였습니다. 으으으.

가방끈이 짧아서 그게 콤플렉스라고, 그런 열등감을 원천으로 삼아 글쓰기를 한다고, 가끔 혹은 자주 농담처럼 말하지만, 그게 사실 농담이 아니라 실제로 그렇다고 할까요. 으으으 김동률, 배우신 분, 이러면서 말이지요. 비슷한 부류의 뮤지션으로는 젊은 시절의 이적, 김현철 등이 있겠습니다.

여차저차 하며 출간을 하고 나서는 사실 배움과 글쓰기는 별개의 것이 아닐까, 생각하면서도 여전히 문예창작과, 국어국문학과 등의 전공자들이 마음만 먹는다면 나보다 훨씬 좋은 글을 쓸 수 있는 게 아닐까, 하는 쭈글쭈글한 생각이 들면서도, 아니야, 내가 최고야, 내 앞길을 가로막는 자 모두 모두 비켜라, 하는 마음이 드는 것도 사실입니다.

"많이 배우신 분들이 마음만 먹는다면 저보다 훨씬 좋은 글을 쓸 수 있을 테죠…."

고백하자면, 이 멘트에는 나름의 해석이 필요합니다. 겉으로는 나는 가방끈이 짧다하는, 열등감 혹은 겸손함을 드러내는 것 같으면서도 마음속 깊은 곳에서는, 나는 비록 배움이 미천하여도 가방끈이 긴 녀석들도 해내지 못한 책을 턱턱 내고 있다, 하는 조금은 고약한 자신감의 표현이기도 합니다. 열등감은 훼이크였고 사실은 자랑이지롱, 하는 이야기랄까요.

글쟁이란 대체로 이렇게 자신의 속내를 대놓고 드러내지 않는 고약하고 악마 같은 구석이 있습니다. 주변에 누군가 글을 쓴다는 사람이 있으면, 저저, 저 녀석은 안 봐도 악마 같은 녀석이겠군, 생각하셔서도 좋습니다. 이런 마음이 들지 않고서야, '문인상경' 같은 단어가 생겨났겠습니까.

이 책의 초반부에 '합평'에 대한 이야기가 있었죠? 내가 비록 인기는 없더라도, 글만 놓고 보면 나도 어디서 꿀리진 않아, 하는 '문인상경'의 마음을 가질 때가 있는데 그래서 그런가, 저는 글쓰기 합평을 해본 적도 없거니와, 합평이란 게 과연 글을 쓰는 데에 도움이 되는가 하는 의문을 여전히 품고 있습니다.

합평하면서 서로가 서로에게 그렇게 많이들 상처를 주고받는다는데, 물론 착하고 선량한 천사표 사람을 만나 글쓰기 실력을 쑥쑥 키울 수도 있겠지만, 애시당초 상처만 받고서는 너덜너덜해진 마음으로, 아이고 내 주제에 무슨 글쓰기야, 하며 때려치우는 사람들도 많지 않을까 싶은 것이지요.

가끔 합평하다가 마음의 상처를 심히 받았다는 누군가의 글을 접할 때면, 저 모임에는 동료 작가의 싹을 없애려는 작가 킬러가 있군, 하는 생각이 듭니다. 이런 킬러 또한 '문인상경'의 마인드를 늘 품고 있는 것 아니겠습니까. 고로 그런 비수와도 같은 말에 상처받을 게 두려운 저 같은 쫄보는 골방에 처박혀 독고다이로다가 혼자 궁둥이 붙여가며 사회성을 잃어가며 다른 글쟁이들을 미워해가며 글을 쓰는 것입니다.

제가 문인상경의 마음을 지니고 있어서 합평을 안 하는 것인지, 합평을 안 해봐서 문인상경의 마음을 갖게 된 것인지는 모르겠는데 어쨌든 글쟁이란 합평을 하든 안 하든 '문인상경'의 길로 접어들 수밖에 없도록 생겨 먹은 존재들이 아닌가 싶어요. 그러니 이 책을 읽는 분들 중 어째서 내 주변에는 동료 작가라고 부를 만한 사람이 하나도 없는가, 하며 외로워하는 분이 있다면 지나친 자책은 하지 마시길 바랍니다.

글쓰기란 원래 그렇게 외로운 법이니까요.

밸런스 게임과 비주류 인생

앞서 글을 쓰는 사람이 얼마나 이상한 족속인가에 대해 다루었습니다. 정서적으로 늘 불안하며, 사회성은 대체로 낮고, 문인상경의 마음으로 질투심이 가득차서는, 악마와도 같은 구석이 있는, 그야말로 이상한 족속들이라고요. 이번에도 비슷한 이야기를 할까 하는데 말이죠.

어느 주말, 아이들을 차에 태우고 운전을 하는데 첫째 녀석이 "산이 좋아, 바다가 좋아?" 하는 질문을 던졌습니다. 요즘 유행하는 밸런스 게임이 초등학생 아이 주변에서도 유행인 것 같았어요. 우리는 어릴 때부터 이 밸런스 게임에 익숙해져 있지 않습니까. 가장 대표적인 게 "엄마가 좋아, 아빠가 좋아?" 하는 질문이겠죠.

글을 쓰는 행위는 자만하지 않으면서 적절한 자신감이 있어야만 하는 슈퍼밸런스 게임인데, 글쟁이는 대체로 으으으, 내가 쓰는 글은 너무 구려서 견딜 수가 없다, 하는 '내 글 구려병'과 사람들은 나의 세계를 이해하지 못한다, 그래 나는 너네들과는 분명 다른 존재이니까, 하는 '작가병' 사이를 수시로 오가기 때문에 보통은 늘 밸런스가 무너져 있습니다. 휘청휘청.

특히나 신춘문예 같은 공모전이 있는 시즌에는 자만심이 하늘을 찌르고, 자신감이 바닥에 가 닿아있는 많은 이들을 볼수 있어서, 모르긴 몰라도 심리학자들이 극단적 인간의 양면을 연구하기에 더없이 좋은 시즌이 아닐까 싶어요.

저는 성격상, '작가병'에 걸리는 날은 드물고, 보통은 '내 글 구려병'에 걸려서 허우적거리곤 합니다. 안하무인으로까지 번질 수 있는 '작가병'보다는, 자신을 객관적으로 돌아보고 반성하며 발전의 가능성이 조금이나마 열려있는 '내 글 구려병'이 악성도에서는 덜하다고 믿습니다.

그렇게 밸런스 한쪽이 자신 없음으로 치우쳐있는 상황에 자기연민이라는 감정 덩어리까지 더해지면 삶 자체가 몹시 우울해지는데, 저는 종종 이 우울함을 SNS에 농담처럼 뱉어 내곤 합니다. 그러니까 SNS에서 시답잖은 농담을 자주 하면, 진담을 얘기할 때도 사람들이 농담으로 받아들여주어서 좋 습니다. 저는 다른 일로는 자기연민이 발동하지 않다가도 책 이 안 팔린다고 느껴질 때면 과한 자기연민에 빠져 드는데 말 이죠. 그럴 때 농담처럼 SNS에 글을 쓰곤 하는 겁니다.

아아, 내 책은 안 팔리는 거 같은데, 다른 누군가의 책은 되 게 잘 팔리는 것 같더라, 그 모습을 보니 배가 너무 아프더라, 내가 보기에 내 책이 꿀리는 게 별로 없는 거 같은데, 제기랄, 북스타그래머며, 책스타그래머며, 무슨무슨 어쩌고저쩌고 인플루언서 그래머들이 내 책 읽고서 주변에 입소문 많이 내 주었으면, 주절주절, 중얼중얼, 블라블라, 궁시렁궁시렁 하 고 있으면 사람들은 저저, 무명 글쟁이 이경 저놈 또 시답잖 은 농담하고 있구나, 싶을 텐데, 사실은 그게 농담이 아니라, 진짜로 답답하고, 억울하고, 현기증 나고, 남들 잘되는 모습 을 보면서 배가 아프고, 나는 왜 저렇게 되지 못하고 있는 것 인가, 하면서 스스로를 가엽게 여기고 있는 것입니다. 이 찌 질한 자기연민을 버리려면 책이 잘 팔리는 수밖에 없는데 말이죠, 아무래도 저는 비주류다 보니까 책이 팍팍 팔리진 않는 것 같아요.

누군가 이런 말을 한 적이 있습니다. 한국의 많은 작가들이 스스로 자기는 문단文壇의 아웃사이더인 것처럼 생각한다고 말이죠. 저는 이 이야기를 듣고는 조금은 쓴 웃음을 지었습니다. 다들 문단의 중심에 있으면서 아웃사이더인 척 하기는, 아휴 재수 없어, 낄낄낄, 하면서 말이죠.

저야말로 문단이란 게 실재한다면 그 안에 들어가 보지 못하고 주변에서 어슬렁거리다, 가끔 까치발 들고서, 눈만 빼꼼 내밀고는, 누가 나 좀 안 불러주나, 힐끔힐끔 눈치 보다가, 아아 이거 진짜 찌질하다, 글 쓴다는 놈이 이렇게 남들 눈치나 보고 있는 꼬락서니라니, 하면서 까치발을 내리고는, 고개 한번 떨구고는, 문단이고 나발이고 묵묵히 독고다이 나의 길을 걸어갈 테야, 하고 있는 아웃사이더 중에 아웃사이더 아닌가 싶은 거죠. 낄낄낄.

이 책을 보고 계시는 여러분은 어떻습니까? 아, 나는 몸과 마음의 밸런스가 늘 무너져있고, 자존심, 자만심, 자존감 뭐 하나 제대로 중심을 잡질 못한 채 비틀비틀, 뭔가 주류 세계에 진입하지 못하는 이방인이다 하는 마음이 드십니까? 그렇다면 여러분은 '문인'이자 '작가'가 될 기질이 충분합니다.

물론 주변에서 여러분을 볼 때면, 늘 좀 위태롭고 걱정스러운 눈빛으로 볼 수는 있겠습니다만, 그런 눈빛은 얼마든지 감내할 수 있는 준비가 되어 있지 않습니까?

저와 마찬가지로 여러분들 역시 어차피 글이나 쓰는 비주류 인생들일 텐데요, 무얼.

작가의 자질과 책 쓰기 아카데미

이번에는 일반화의 오류랄까. 그러니까 저를 포함해서 주변의 작가 지망생을 보았을 때 어떤 이들이 작가가 될 확률이 높은가, 하는 얘기를 해볼까 하는데요. 저는 글을 쓸 때 주로 도망갈 구석을 만들어 놓고 쓰는 편입니다. 제 글이 얼토당토않게 보인다 하더라도 '일반화의 오류'라는 도망갈 구석을 만들어 놓은 셈이니, 너무 따지지 마시길 바랍니다. 뭐, 이런 것도 하나의 글쓰기 팁이라면, 팁 아니겠습니까, 네?

자, 그럼 어떤 이들이 작가가 되는지, 일반화의 오류를 범해볼까요. 글쓰기를 대하는 사람은 두 부류로 나눌 수 있겠습니다.

글, 쓰는 고통이 심한 사람.
글, 쓰지 않는 고통이 심한 사람.

제가 볼 때는 대체로 후자가 작가가 될 확률이 높습니다.
물론 전자의 삶을 살다가, 후자로 변모하는 경우도 있고, 반
대로 후자의 삶을 살다가, 전자의 어려움을 겪는 사람도 있
고, 전자 후자 할 것 없이 왔다 갔다 하는 사람도 있겠습니다.

하지만 전자만을 겪고 있는 사람들, 그러니까 글쓰기 자체
가 힘이 들어서, 억지로 머리를 짜내가며, 숙제하듯이, 그렇
게 글을 쓰는 분들은 자신에게 글쓰기 재주가 있는지, 적성에
맞는지 살펴볼 필요가 있습니다.

글을 쓰고자 하는 많은 분들이 결국에는 책 출간을 목표로
하실 거예요. 《난생처음 내 책》에도 썼는데 말이죠. 책을 내
면 세상이 바뀔 것처럼 생각하는 이들이 있지만, 초특급 베스
트셀러를 내지 않는 이상은, 책 낸다고 뭐 크게 변하는 거 없
거든요? 통장이 두둑해지는 것도 아니고, 어디 가면 사람들
이, 아이고 작가님, 작가님, 이 누추한 곳에 어찌 행차하셨습

니까, 하면서 알아봐주는 것도 아니고, 직장 다니는 사람들은 그대로 직장 생활하고 뭐 똑같습니다.

변하는 게 없어요. 물론 목표를 책에 두지 않고 글쓰기를 하면서, 마음가짐이 바뀔 수도 있겠고, 삶이 조금 더 긍정적인 방향으로 변할 수는 있겠지요. 글쓰기로 내면을 치유한다든가, 뭐 그런 말 있잖습니까? 그렇지만 글쓰기 자체를 힘들어하는 사람이 그렇게 머리 아파가면서 굳이 글, 그거 꼭 써야 하나, 싶기도 합니다. 내면 치유야 글쓰기가 아닌 다른 것으로도 충분히 할 수 있을 텐데요. 뭐, 명상이라든지 요가라든지 좋은 게 얼마나 많이 있습니까.

글쓰기가 괴로우신 분들은 쓰는 것보다 읽는 것, 그러니까 훌륭한 독자로 남아도 괜찮지 않을까 싶은 거죠. 글을 쓰다 보면 언젠가 욕심이 웅어리져서는 출간의 꿈이 생기지 않겠습니까. 근데 글솜씨는 좀처럼 늘지 않고, 그러다보면 병이 생기고 몸져눕게 되는 겁니다. 글쓰기 코치들이야, 글쓰기 그거 정말 좋습니다, 힘들어도 같이 해봅시다, 으쌰으쌰, 할 텐데, 저는 뭐 굳이 힘든 거, 그걸 하려 하시는가, 그냥 맘 편하게 때려치우세요, 하고 말씀 드리고 싶기도 합니다.

이 사람이고, 저 사람이고 다들 작가가 되겠다고 글을 쓰면, 독자는 누가 되는가. 한국 출판계는 지금 독자는 없는데 쓰려는 이들은 많은 기형적인 구조가 되어버린 지 오래라고 다들 그렇게 말하는데, 굳이 머리 아파해가면서 작가가 되어야겠습니까. 글 쓰는 게 어려우신 분들, 그냥 독자 하시면 안 돼요? 독자 하시면서 제가 쓴 책도 좀 읽어주시고요. 네?

반면 글을 쓰지 말라고 하면 힘들어 하는 분들도 있을 겁니다. 쓰고 싶어도 쓸 수 없는 상황에 놓여 괴로워하는 이들. 속 안에서 뱉어내야 할 단어와 문장들이 한가득인데 이런저런 이유로 키보드를 두드릴 수 없어 힘겨워하는 이들은 대체로 작가가 될 싹이 보이는 사람입니다.

3남매를 키우는 가정주부, 바쁜 회사 일에 늘 야근을 하는 직장인, 자유시간이 부족한 군인 뭐 기타 등등 어딘가에 얽매여 쓰고픈 말을 제때 뱉어내지 못해 괴로워하고, 키보드를 두드리지 못해 손이 덜덜덜 떨리는 금단 증상을 느끼는 이들. 머릿속에 떠오른 소재가 잊힐까 다른 일을 제쳐놓고 메모를 하는 이들.

감히 일반화의 오류를 범해보자면, 주변에 이런 증상을 지닌 이들은 어떤 식으로든 시간을 내어, 대개 꾸준히 글을 쓰게 되고 작가가 되는 것 같아요. 한마디로 쓰지 않고선 버틸 수 없는 사람들 말이에요.

이런 분들은 쓰지 말라고 해도, 스스로 자신에게 맞는 글쓰기 방법 등을 깨우쳐가며 두꺼운 지망생의 껍질을 깨어내고 세상 밖으로 나가게 됩니다. 이런 분들은 진짜 글 좀 그만 쓰면 좋겠습니다. 특히 소설이나 에세이 쓰는 분들은 저와 동종업계의 경쟁자나 다름없으니까, 그만 좀 쓰세요, 네? 쓰지 않고선 버틸 수 없는 그런 마음이 들더라도 그냥 좀 놀면서 쉬엄쉬엄 천천히, 건강을 생각해가며 쓰시란 말입니다.

뭐 이렇게 말해도 역시 쓸 사람은 쓰게 되어 있다는 겁니다. 이런 분들은 걱정이 없겠습니다. 제가 걱정이지.

그럼 자신에게 글쓰기 재능은 없는데 책은 내고 싶고, 돈도 좀 있고, 시간도 좀 있고, 그러다가 정신줄마저 놓으신 분들은 이제 어디로 가느냐. 바로 수백, 수천만 원짜리 고액 책 쓰기 강의를 들으러 가는 겁니다. 거기 가서 박사니 도사니 하는 코치에게 "오오 당신은 우리의 구세주! 우리는 천재 작가! 언젠가 책을 낸다! 낸다! 낸다!" 뭐 이러면서 자기네들끼리

자화자찬하고, 수십 명이 원고 한 꼭지씩 모아다가 공저로 자비출판이나 다름없는 책 내고, 그렇게 자기들끼리 책 사서는 나눠 갖고, 아아, 드디어 작가가 되었다, 하면서 어깨가 으쓱해져 가지고는, 뭔가 대단한 일을 한 것처럼 착각을 하고서는….

　많은 책 쓰기 아카데미에서 책을 내면 인생이 바뀐다고, 공저자로 참여시켜 몇 주 만에 작가로 만들어주겠다고 홍보를 합니다. 제가 볼 때 그런 곳은 책을 내고자 하는 사람들의 꿈을 이용하는 곳이나 다름없습니다. 홀로 단행본을 내어도 세상은 크게 변하지 않는데, 공저로 우르르 모여 책을 낸다고 세상이 얼마나 변하겠어요. 그저 자화자찬이자 자기만족일 뿐. 개뿔 변하지 않아요. 그런 책 쓰기 아카데미에 가볼까, 하는 사람들은 스스로, "아 나는 작가는 되고 싶은데, 글쓰기 재주가 참으로 부족한 인간이구나." 생각하시고, 독자로 남으시길 강권합니다.

　그럼에도, 나는 작가, 그거 하고 싶다, 글 쓸 때 머리 아프고, 다섯 시간 동안 단 한 줄 도 못 쓰고, 대체 뭘 써야 할지 도저히 모르겠는데, 글 그거 써서 언젠가 책 내고 싶다, 하시는 분들이 계시겠죠. 그만큼 뭐랄까, 어떤 작가로서의 열망이 커서 견딜 수 없다, 하는 것이겠지요. 이해합니다. 글쓰기가 너무 어렵다 하여도 작가의 꿈은 가질 수 있지요.

그런 분들은 책을 보시면 되겠습니다. 책으로도 충분하니까 비싼 돈 들여 고액 책 쓰기 아카데미 같은 곳을 알아보지 마시고 책을 보라 이겁니다. 시중에 나와 있는 좋은 책을 읽으세요. 소설을 쓰고픈 분들은 좋은 소설을 읽으시고, 에세이를 쓰고픈 분들은 좋은 에세이를 보시면 되겠습니다. 아니, 너무 당연한 이야기 아닙니까?

책을 내고 싶다, 하는 이에게 좋은 책만큼 훌륭한 선생은 없습니다. 책은 이미 작가와 편집자가 세 차례 이상 교정을 보아서 탄생한 훌륭한 참고서입니다. 특히 제가 쓴 《난생처음 내 책》, 《작가님? 작가님!》은 글을 쓰고자 하는 동기부여를 일으켜 줄지도 모릅니다. 그러니까 제 책을 좀 읽어달란 말이에요. 네?

본문에서 공저나 자비출판 등을 비하하는 것처럼 느끼실 분들이 계실까 봐 노파심에 말씀드리면, 저는 소수정예의 모임이나 책이라는 물성을 이해하기 위해서 소량으로 한번 찍어볼까, 하는 자비출판에는 거부감이 없습니다. 어떤 책이든 만들어 놓으면 기분이 좋죠. 그러니, 자비출판 경험이 있으신 분들이 마음 아파해가며, "으으 이경, 이 자식이 내 삶을 무시하고 있다, 으윽…" 하면서 화를 내실 필요는 전혀 없겠습니다.

제가 문제 삼는 건 고액 책 쓰기 아카데미의 장삿속입니다. 그들은 비싼 수강료를 취하고서는 여러 작가 지망생들의 글을 모아 공저의 책을 내주고는 '작가 타이틀'을 부여합니다. 마치 자신들이 글쓰기를 잘 가르쳐 많은 작가 지망생들이 지망생의 딱지를 떼고 작가가 된 것처럼 자부심을 심어줍니다.

글을 쓰고 싶어서, 책을 내고 싶어서 미치겠다, 하는 분들은 침착하게 스스로 자신의 상황을 돌아보길 바랍니다. 꿈에 눈이 멀어 허튼 돈을 쓰고 있는 것은 아닐지. 내가 작가가 될 만한 사람인지. 작가, 그거 꼭 해야 되는 건지.

글쓰기에는 여러 장점이 있지만, 가장 큰 장점은 큰 비용이 들지 않는다는 겁니다. 종이와 펜. 혹은 모니터와 키보드. 외로운 글쓰기 인생을 함께 해줄 몇몇의 동료와 어두운 길을 밝게 빛내 줄 참고 도서들. 그리고 무엇이라도 쓰지 않고서는 버틸 수 없는 그런 마음이 있다면, 쓰지 않을 때 미쳐버릴 것 같은 마음이 든다면, 나에게는 작가의 자질이 있다고 믿으셔도 좋습니다.

아, 그러니까 이거는, 제 얘기입니다. 저는 자질이 좀 있었던 것 같아요.

어떤 책을 봐야 할까

여러분들의 계획은 어떨지 모르겠습니다만, 제가 생각하고 꿈꾸던 '작가'는 기성 출판사를 통해 단행본을 내는 사람이었습니다. 그동안 세 권의 책을 내기 위해서 백 번 넘게 출판사의 문을 두드렸는데요. 투고하던 시간은 힘겨웠지만 어쨌든 책을 세 권 내고 나니 이제는 저를 가리켜 '작가님'이라고 불러주는 분들도 주변에서 조금씩 생겨나고 있습니다.

그렇게 첫 책을 내기 전, 그러니까 작가 지망생 시절 저는 무던히도 많은 글쓰기, 책 쓰기 책을 보았는데요. 어떤 책은 도움이 되었고, 어떤 책은 열 페이지도 넘기질 못하고 책장을 덮어두기도 했습니다.

이쯤에서 여러분들이 확실히 알고 구분해야 할 게 글쓰기와 책 쓰기는 다르다는 겁니다. 얼마나 다른지 글쓰기는 붙여 쓰고, 책 쓰기는 띄어서 쓰지 않겠습니까. 서점에 가서 직접 확인을 해보시는 것도 좋겠습니다. 글쓰기 책이 모여 있는 서가에는 책 쓰기와 관련된 책들이 함께 놓여있지만, 이 둘의 성격은 확실히 좀 다릅니다.

이 책의 독자분들은 글을 좀 잘 써서, 이왕이면 책까지 쓰고 싶다, 하는 분들이 많지 않을까 싶으니, 제가 쓰는 '글쓰기'에는 넓은 의미로 '책 쓰기'까지 포함된다고 생각하고 봐주시면 좋겠습니다. 글쓰기 책에 반드시 책 쓰기에 관한 이야기가 있는 건 아니지만, 웬만한 책 쓰기 책에는 글쓰기에 관한 이야기가 있습니다. 누구라도 글쓰기를 잘하게 된다면 언젠가는 책을 쓰게 되겠지요. 그러니까 순서로 치면 책보다는 글이 앞서야겠습니다.

여하튼 글쓰기 책이든, 책 쓰기 책이든 서점에는 많은 책이 있으니 둘러보시고 읽어보시면 분명 도움이 될 겁니다. 어떤 책은 실용적인 도움이 될 테고, 어떤 책은 멘탈을 부여잡는 데에 도움이 될 테고, 하물며 원치 않게 쓰레기 같은 엉망진 창의 책을 만나더라도 아, 이렇게는 글을 쓰지 말아야지, 이렇게는 책을 만들지 말아야지, 하는 생각을 심을 수 있으니, 어지간한 책은 다 도움이 되겠다 싶습니다.

그럼에도 여러분들의 돈과 시간은 소중하니, 이왕이면 쓰레기 같은 책보다는 양질의 책을 통해서 배우는 게 더 좋을 겁니다. 그러니 피해야 할 책을 미리 알 수 있으면 좋겠죠. 달리 말해, 이번 시간에는 작가가 되는 데에 어떤 책이 도움이 될까, 하고 생각할 시간을 가진다고 보면 되겠습니다.

세상에는 정말 많은 글쓰기, 책 쓰기 책이 있는데요. 글쓰기야 종류가 워낙 다양하니 다양한 각계각층 어르신, 선생님, 박사님, 도사님, 교수님, 무슨무슨 이런저런 '님,님,님'들이 책을 쓸 수 있다고 생각합니다. 당연하겠죠. 그런데 책 쓰기 책은 어떨까요. 저는 책 쓰기 책의 경우 주로 출판 편집자들이 쓴 책을 참고했습니다. 이거 생각해보면 당연한 거 아닌가요?

그러니까 자신이 쓰고픈 글의 분야에 따라 학생의 글쓰기, 직장인 글쓰기, 스릴러 글쓰기, 미스터리 글쓰기, 웹소설 글쓰기 등을 안내하는 책을 보시면 되겠습니다. 그런데 책 출간이 목표인 사람들은 어떤 직업의 사람이 쓴 책을 참고하면 좋을까요. 당연히 직접 작가를 섭외하고 책을 만드는 출판 편집자들이 쓴 책이 도움이 되지 않을까요?

자, 다시 말씀드리면 글쓰기와 책 쓰기는 다르죠. 많이 다릅니다. 그냥 뭐 마음 편하게 둘의 성격은 아주 그냥 콩쥐 팥쥐처럼 완전히 다르다고 생각하면 좋겠습니다. 글쓰기는 워낙 다양한 곳에서 쓰이니까요. 회사, 학교, 집, 군대, 유치원, 아파트 관리사무소, 동사무소, 면사무소, 읍사무소 뭐 어디에서나 쓰이는 게 글쓰기인 반면, 보통 말하는 책 쓰기라 함은 '출판사'를 통해 내 글을 묶는 거니까요. 그러니 글쓰기 책은 자신이 쓰고 싶은 글에 맞추어 적당한 책을 사서 읽으면 도움이 될 것 같습니다만, 문제는 '책 쓰기' 책도 희한한 사람들이 많이 낸단 말이죠? 출판사 편집자도 아닌 사람들. 이 사람들 누구시길래 책 쓰기 책을 턱턱 낼까요? 누구세요들?

자, 다시 한번 짚고 넘어갑니다. 이 인간은 왜 자꾸 했던 말을 또 하고 중언부언 하는가 싶으시겠지만, 그만큼 중요한 내용이니까 그렇습니다.

미천한 저의 생각으로는 '책 쓰기 책'이라고 하면 응당 실제로 책을 만드는 출판사 편집자나 관계자, 혹은 뭐 이미 여러 번 책을 내본 경험이 있는 작가가 쓰는 게 옳지 않은가 생각하는데요. 서점에 가보면 글쓰기 코치라는 둥 무슨무슨 도사님 박사님 어르신들이 그렇게나 많이들 책 쓰기 책을 낸단 말이죠. 아, 앞선 글에 이어서, 고액 책 쓰기 강의를 하는 선생님들 이야기를 또 하게 되었습니다. 이러다 정이 들겠습니다. 미운 정 말이에요. 이 고액 책 쓰기 강의 선생님들의 특징이라면 내는 책이 항상 그런 책입니다. 심지어 첫 책이 책 쓰기 책인 경우도 있어요.

이 사람들이 쓰는 책의 특징을 살펴보자면, 출간 후엔 인생이 달라진다는 둥, 큰돈을 벌 수 있다는 둥, 출간을 통해 퍼스날 브랜딩인지 개똥인지를 하자고 말합니다. 그러니까 이 사람들은 책을 목표가 아닌 도구로 삼는 케이스입니다. 좋은 책을 내는 게 목표가 아니라, 그냥 뭐 책 하나 내고 강연해서 사업 잘해보자, 하는 글쓰기 코치랄까요. 이게 나쁘다는 게 아닙니다. 요즘 세상에 돈 없이 살 수 있나요. 돈 있으면 좋지요. 그런데 이렇게 뜬구름 잡고, 당연한 소릴 해대는 가벼운 책을 통해서는 제대로 된 글쓰기도, 또 책을 쓰는 데에도 결코 도움이 안 된다는 겁니다. 일단 진짜로 좋은 글로 좋은 책을 쓸 줄 알아야 퍼스널 브랜딩인지 뭔지를 할 거 아닙니까.

그러니 저는 책 쓰기를 도구로 삼는 그런 책들은 절대적으로 피하시라, 서점에서 눈길도 주지 마시라, 혹여나 집에 그런 책이 있다면 당장 갖다 버리시든가, 냄비 받침으로 쓰시라, 말하고 싶습니다. 그러면 그런 책들은 어떻게 알 수 있느냐. 일일이 읽어봐야 알 수 있느냐 궁금하실 텐데요.

그런 책들은 얼추 제목만 봐도 높은 확률로 거를 수 있습니다. 그런 책들은 성격이 얼마나 급한지 얼마 만에 책 쓰기, 얼마 만에 작가되기, 이런 식의 빨리빨리 제목으로 숨이 넘어갈 듯 작가 지망생을 유혹합니다. 예를 들면 뭐, 3주 만에 작가 되는 법이라든가, 4주 안에 초고 쓰는 법이라든가, 누구보다 빠르게 책 내는 법이라든가, 누구보다 빨리 작가 소리 듣기라든가. 저는 그런 빨리빨리 책들의 제목을 보고 있으면 숨이 턱턱 막힙니다.

요즘에는 그런 표어가 줄어든 거 같은데요. 예전에 고속도로를 달리다 보면, "5분 먼저 가려다 50년 먼저 갑니다." 뭐 이런 표어가 있었던 거 같습니다. 조금 일찍 도착하기 위해서 목숨 걸지 말고 안전 운전하라는 표현일 텐데요. 지금 생각하니 좀 섬뜩한 표현인 거 같군요.

저는 책 쓰기, 그러니까 작가가 되는 것도 마찬가지라고 생각합니다. 일부 책 쓰기 코치들이 말하는 것처럼 단 몇 주 만에 책을 뚝딱 쓰고 빨리빨리 작가 타이틀을 다는 게 도대체 어떤 의미가 있는 건지 모르겠습니다. 그렇게 빨리빨리 글 쓰고, 빨리빨리 책 내고, 빨리빨리 망해가지고, 빨리빨리 죽음으로 이를 건지.

살다 보면 빨리빨리 해서 좋은 게 있지만, 가끔은 아주 천천히 진행될 때 진국이 되는 것도 있습니다. 저에게는 글쓰기와 작가 되기가 그렇습니다. 글은 엉덩이로 쓴다, 하는 말이 괜히 생긴 게 아닐 겁니다. 좋은 글쓰기와 작가가 되기 위해서는 진득함이 필요합니다. 3, 4주 만에 작가가 되어서는 결코 좋은 책을 쓸 수 없을 겁니다.

물론 오로지 빨리 책을 내는 것이 목표인 사람들도 분명 있을 겁니다. 예를 들어 일부 정치인들이 그렇겠습니다. 특정 시기에 맞추어 자서전을 내고 출간기념회를 열어야 하는 정치인들은 빨리빨리 책을 내는 게 목표일 수 있겠습니다. 그러나 보통의 작가를 꿈꾸는 사람들은 평생에 걸쳐 글을 쓰는,

그것도 좋은 글을 쓰는 삶을 원하지 않을까요?

좋은 글을 쓰기 위해서는 스스로에게 맞는 방법을 찾아야 합니다. 다만 내가 지금 원하는 게 글을 잘 쓰고 싶은 것인지, 아니면 글은 그럭저럭 쓰고 있으니 책을 내고 싶은 것인지, 글쓰기와 책 쓰기의 구분을 하고서 올바른 참고 도서를 찾는 법, 혹은 불량한 책을 거를 줄 아는 법이 중요하겠습니다.

아, 이 글을 읽는 분들 중에서 나는 좋은 글이나 잘 쓴 책 같은 것엔 욕심이 없고, 내 이름으로 된 책을 내서 사업에 도움이 되고 싶다, 책을 명함 대신 쓰고 싶다, 하는 분들도 계시겠지요. 그런 분들도 역시 고액 책 쓰기 강연을 들을 필요는 없겠습니다. 그냥 인터넷 검색창에 '자비출판'을 검색해 보세요. 고액 강연을 들을 돈으로 자비출판을 두 번, 세 번 할 수 있을 테니까요.

～는 것 같～　　　　～는 것 같～
가서서 책～　　　　～, 여기저기～
주시는 것～　　　　～은… 제가
르겠습니다　　　　～ 친구들의
책을 사주고 ～　　　친구들이 있～
관심한 나쁜 놈들도 있～　. 그놈들은 얼마나 무관～
여기에 지들 이름을 써놓아～　. 뭐, 저뿐만 아니라～
번에 글 쓰는 분들 보면 다들　～한 것 같습니다. 정말 친하다～
생각했던 사람도 책에는 별 관～　이 없다더라, 그다지 친하지 않～
다고 생각하던 사람이 책이 너～　좋다고 응원을 해주어서 놀라웠～
다, 뭐 이런 이야기 말입니다.　～만큼 책은 좀 독특한 물건이 아～
～ 싶어요. 좋아하는 사람은　　좋아하면서도, 관심이 없는
～ 절대적으로 무관심한　　　생각했던 지인과의 친분이
～민도에서 책이라～　　　　～전 다른 결과물이

3장

작가의
목소리

마지노선 정하기 1

자, 어느새 세 번째 파트까지 왔습니다. 앞선 내용들이 조금 관념적인 이야기였다면 이번 파트에서는 실용적인 이야기를 해볼까요? 누구라도 아, 나는 글을 좀 쓰는 거 같다, 이제는 내 글을 남들에게 보이고 싶다, 기록하고 싶다, 하는 욕심이 응어리지다 보면 자연스레 책을 내고자 하는 마음이 들거라고 생각합니다.

이번에는 이 책 쓰기에 있어서 아주 중요한 이야기일 수도 있겠고, 넓게는 글쓰기 생활 전반에 걸쳐 통용 가능한 이야기를 좀 할까 합니다. 바로 '마지노선' 정하기인데요. 자신의 글에 대한 적정선이나 꿈의 크기, 이해 가능한 한계점이라고 할 수도 있겠네요.

여기저기 글을 쓰다가 투고로든, 출판사 컨택으로든 책을 쓰게 되었다고 칩시다. 처음 책을 준비하다 보면 그동안 경험하지 못했던 일을 접하느라 이게 보편적인 조건인지, 혹은 내가 사기를 당하는 건 아닌지 궁금하고 불안하기도 할 텐데요. 미리 스스로가 감내 가능한 마지노선을 정해두면 앞으로의 결정에 큰 도움이 되리라 생각합니다.

인세 편

많은 분들이 글을 쓰게 되면 얼마나 벌 수 있을까 궁금하실 텐데 말이죠. 거두절미, 결론을 말하자면 많이 못 법니다. 특히나 요즘처럼 책이 팔리지 않는 시대에 책을 팔아서 돈을 벌어야겠다는 생각이신 분들은 그냥 그 시간에 다른 일을 하는 게 어떨까요? 금속 탐지기를 하나 사서 놀이터에 떨어진 동전을 찾는다거나 하는.

그래도 인세는 알아봐야 되겠죠? 먼저 가장 일반적인 출판이랄까요, 투고를 했든 청탁을 받았든 정상(?)적인 출판사와 계약을 하게 된다면 아, 나는 인세 10% 정도 받을 수 있겠구나, 계약금(선인세)은 뭐 한 일백만 원 정도 받겠구나 생각하시면 될 것 같아요. 물론 말씀드리는 금액은 세전 금액이니, 계약금에서 몇만 원 덜 들어왔다고 출판사에 무턱대고 따지진 말길 바랍니다.

아, 그리고 제가 앞선 파트에서 단어를 의심하라고 말씀드렸죠? 많은 분들이 '인세'의 '인'자를 '사람 인ᄉ'으로 알고 계시기도 할 것 같아요. 사람이 손으로 노력해서 글을 쓴 것이니까, 사람에 대한 노동력의 대가가 아닐까 생각하시겠지만, '도장 인印'자를 씁니다. 인지대라는 단어를 들어보셨죠? 옛날에는 책에 '검인' 작업이라고 해서 도장을 찍곤 했으니까요. 그렇게 생각한다면 '인세'에 대한 뜻이 쉽게 이해가 되시겠죠. 근데 또 '법인세'의 '인'자는 '사람 인ᄉ'이 맞습니다. 그냥 알아두면, 어디선가 잘난 척하기 좋은 토막 상식이랄까요.

각설하고, 한 기성작가는 10% 미만으로 인세를 제시하는 출판사는 거르라고 했는데요. 모든 출판사가 10% 인세 조건을 제시한다면 좋겠지만, 책을 준비하실 동안 여러분은 앞으로 별별 희한한 계약 조건들을 만나게 될지도 모릅니다.

이때 자신이 생각하는 마지노선을 정해두면 어떨까요. 나는 보편적 정상적 인세를 받겠다, 계약금과 인세 10%를 꼭 받겠다, 생각하는 분들은 출판사와 계약 조건을 협의할 때 자신의 의견을 펴내기에 수월할 겁니다.

그러면 별별 희한한 계약에는 어떤 게 있을까요. 당연히 인세 9%, 8%, 7%, 6%, 5% 등이 있을 겁니다. 아예 안 주겠다는 정신 나간 출판사가 있을 수도 있을 테고요. 초판 인세는 7% 정도였다가, 2쇄부터는 10% 인세를 지급하는 방식이 있을 수 있을 거예요.

이 글을 보시는 분들이 생각하는 각자의 마지노선이 다를 텐데요. 저는 10%든 7%든 저자의 비용이 들어가지 않는 조건이라면 생각해 볼 여지가 있다고 생각합니다. 10%에는 미치지 못하더라도, 저자의 비용이 들지 않는 계약조건이라는 게 중요한 거 같고요. 아, 물론 제가 지금까지 낸 책의 인세는 모두 10%이긴 했습니다.

여하튼 이렇게 저자의 비용이 들지 않는 계약과 달리 몇몇 출판사에서는 '자비출판'이라는 단어를 쓰지 않으면서 '자비출판'과 다름없는 조건을 제시하기도 합니다. 가령 책이 나오면 저자가 책 100권을 사야 한다든가… 네? 제가 계약금(선

인세)이 보통 일백만 원이라고 했죠? 그런데 오히려 책을 사라니요?

자신이 정해놓은 마지노선에 따라, 아, 이거 출판사에서 참 개똥망 같은 소리를 하고 앉아있구나 생각하시고 계약 테이블을 박차고 나올 수 있겠죠? 정상적인 출판사라면 저자에게 책을 사라고 하진 않을 테니까요. 출판사와 계약을 하게 되면 출간 후에 출판사에서는 '저자 증정본'으로 책을 보내줍니다. 보통 10부~20부 정도이니 참고들 하시고요.

가끔 돈 많은 어르신들이 출판사에 투고하면서, 책이 나오면 내가 수백 권 살 수 있다, 하는 어필을 한다는데요. 제대로 된 출판사라면 이런 어필에 콧방귀를 뀔 것입니다. 한 일만 권 정도를 저자가 구매한다면 출판사에서도 흔들릴지 모르겠네요. 그래도 출판사에 글 보낼 때 책 몇 권 살 수 있다, 하는 재력 과시는 하지 마서요들. 네? 작가라면 주머니의 두둑함보다는 글솜씨로 승부를 봐야 하지 않겠습니까.

요즘에는 저자와 출판사가 제작비를 나눠 부담하는 '반기획출판'이라는 것도 있습니다. 이건 뭐 전세도 아니고 월세도 아니고, 전월세 개념이라고 봐야 할까요. 저는 이 반기획

출판이라는 게 좀 끔찍한 계약 조건이 아닌가 싶어요. 뭔가 저자를 100% 신뢰하지 못하고 출판사의 리스크를 줄인다는 개념처럼 보입니다. 출판사 입장은 어떤지 몰라도 제가 이런 조건을 제시받는다면 계륵이 되는 기분일 거 같아요.

자비출판의 인세는 출판사마다 다르겠지만 한 20%~55% 정도로 정해지는 거 같습니다. 가끔 작가 지망생 커뮤니티를 돌아다녀 보면, 나는 내 글에 정말 자신 있는데 자비출판하고 인세 부자 되면 아니 되겠는가, 꿈을 꾸는 분들이 계시는데요. 저는 아아, 저분이 지금 굉장히 크고도 허튼 꿈을 꾸고 있구나, 하는 생각이 듭니다.

자비출판의 인세가 높은 이유를 생각해보셔야 합니다. 책이 잘 팔린다면 인세가 그리 높을 수가 있겠습니까. 대부분의 자비 출판사는 책 제작비를 받아 회사를 운영 할 테고, 책을 파는 데에는 큰 관심이 없을 겁니다. 그러니, 아 나는 책을 좀 팔고 싶다 하는 생각이 있는 분들은 자비출판은 염두에 두지 않는 게 좋을 것 같아요. 물론 나는 책 판매는 상관없고, 그냥 기념 삼아 낼 거야, 하는 분들은 자비든 반기획이든 크게 상관없겠죠.

저는 인세와 관련해서는 자비가 단 100원이라도 들어간다면 때려치우겠다, 하는 마지노선이 있었습니다. 자비가 없다는, 슬픈 사실이 가장 큰 이유였지만, 저는 제 글이 일반적인 출판사를 거쳐 되도록 많은 사람들에게 읽히길 원했거든요. 그래서 첫 책은 10% 미만의 인세도 괜찮지 않을까, 하는 생각을 잠시 하기도 했던 것 같습니다.

지금 글을 쓰는 분, 또 언젠가 책을 내고자 하시는 분들은 각자의 마음속에 인세에 대한 마지노선을 정해두면 좋습니다. 내 글에 대한 자부심을 갖게 되면서, 나쁜 출판사를 거를 수도 있는 방법이니까요. 인세에 대한 마지노선을 정해 놓으면 추후에 다른 청탁 원고를 쓸 때 고료에 대한 마지노선도 생각하게 될 테고, 그렇게 정당한 보수가 오가면서 건강한 출판 산업이 이루어지고… 뭐 어쨌든 자신의 글이 통장의 숫자로 변하는 걸 지켜보는 건 즐거운 일이니까요.

다음 시간에는 편집자의 편집 방향에 대한 마지노선을 이야기해볼까요?

마지노선 정하기 2

나는 글을 좀 쓰는 것 같다, 책을 내고 싶다, 하는 생각이 드는 사람들은 자기만의 마지노선을 정해놓는 게 좋다는 취지로 '인세'편을 다루었습니다. 이어서 '편집'에 대한 이야기를 나눠볼까요.

편집 편

저는 자비출판의 경험이 없어서 그쪽 세계에 대해서는 잘 모릅니다. 자비출판에도 편집자는 있을 테고, 기본적인 원고의 교정교열 정도는 봐주는 것으로 알고 있습니다만, 역시나 저는 경험이 없어서 뭐라고 이야기할 순 없겠습니다.

제가 쓰는 이야기는 오로지 제가 경험했던, 기획출판과 관련된 이야기이니 역시 투고 등으로 기성 출판사를 통해 책을 내고자 하는 작가 지망생들이 참고삼아 보시면 좋을 것 같아요. 지금까지는 자비출판이나 독립출판으로 책을 내었지만 앞으로는 출판사 기획출판으로 책을 내고 싶다, 하는 분들이 보서도 좋겠죠?

출판사 투고를 했든, 아니면 웹에서 재미난 글을 좀 쓰다가 출판사 편집자의 눈에 띄든 여차저차 해서 출판사와 계약을 맺었다고 칩시다. 글쓴이는 당연히 출판 편집자를 만나게 될 테고, 이 편집자와 한 배를 타고 출간이라는 목표를 향해 함께 항해를 한다고 이해하시면 좋겠습니다.

편집자라는 게, 원고 던져주면 맞춤법이나 띄어쓰기 정도만 수정해주는 사람 아닌가, 하는 생각을 가지신 분들이 있다면, 서점에 가서 출판 편집자에 대한 책을 좀 보시는 게 좋겠습니다. 어떤 책을 보아야 할지 모르겠다면 그냥 제가 쓴《난생처음 내 책》을 봐주세요. 네?

편집자가 원고의 교정 교열을 보는 것은 기본적인 업무이겠지만, 요즘의 편집자는 이것저것요것조것 아무튼 어마 무시하게 많은 일을 하고 있습니다. 사실 저도 편집자가 아니라서 정확하게는 모르겠습니다만, 그들이 바빠 보이는 것은 분명합니다.

심지어 편집자는 가끔 저자의 영혼을 어루만져 주는 일까지 해준다고 생각하면 되겠습니다. 글 쓰는 사람은 대체로 정서가 불안하다고 말씀드렸죠? 이렇게 편집자는 불안한 정서의 글쓴이를 때로는 다독여주고, 때로는 혼도 내고 뭐 그러면서 출간을 향해 전진 앞으로 하게 할 텐데요. 이것도 결국은 사람과 사람이 하는 일이고, 사람마다 생각이나 업무 스타일이 다르다 보니 순탄하게만 흐를 수도 있겠지만, 또 높은 확률로 부닥치게 되어 있습니다.

제가 앞서 기성 작가들의 글쓰기에 관한 아포리즘 책을 많이 보았다는 이야기를 했죠. 대문호인 고전 작가들 사이에서도 이 편집자에 대한 의견이 분분합니다. 편집자 말은 무조건 옳으니까 닥치고 들으라는 작가도 있고요. 편집자는 직업적으로 글을 너무 많이 읽는 사람이라 오히려 감이 떨어졌을 수도 있다, 그러니 편집자의 말을 걸러 들으라, 하는 작가도 있습니다.

제가 글쓰기는 뭐라고 했죠? 잘 쓰는 비법 따위 없고 자신에게 맞는 방법을 찾는 게 중요하다고 했죠? 편집자를 대하는 것 또한 이렇게 자신과 편집자가 어떤 타입인가에 따라 달라지겠습니다. 중요한 것은 편집자는 저자와 같은 편이지, 절대 적이 아니라는 겁니다. 편집자에게 기본적인 예의는 지켜야 되겠죠. 이건 뭐 사람이라면 당연히 지켜야 할 도리이기 때문에 말하면 입이 아프고, 타이핑하면 손이 아프고, 생각하면 머리가 아픕니다. 저를 아프게 하지 말아주세요.

그러면서도 자기만의 편집 허용 마지노선은 필요하겠습니다. 제 경우를 얘기 드리자면 저는 지금까지 책 세 권을 두 명의 편집자와 함께 만들었습니다. 첫 책과 두 번째 책은 K편집자, 세 번째 책은 S편집자와 함께 만들었는데요. 작업 당시각각 출판 경력이 10년, 20년은 되었던 베테랑이었기 때문에 저는 이들에게 많이 배운다는 자세로 작업을 할 수 있었습니다. 실제로 많이 배우기도 했고요.

출판 편집자와 교정을 보게 될 때는 가장 먼저 PC 교정을 보고 그 후에는 1교, 2교, 3교를 보게 됩니다. 2교, 3교는 다른 말로 재교, 최종교 뭐 이렇게 부르기도 하는데, 교정을 해도 해도 끝이 안 난다면 4교, 5교, 6교, 7교, 8교, 9교를 보기도 하겠지만 이럴 일은 흔치는 않을 거예요. 제가 8, 9교를 보는 편집자라면 더 이상의 교정은 무의미하다는 생각으로 8교, 9교 대신 종교를 가지게 될 것 같습니다. 실제로 저는 책 세 권 모두 3교 정도에서 마친 것 같고요.

가장 많은 수정은 첫 교정인 PC 교정에서 이루어진다고 보면 되겠습니다. 이때 편집자의 편집 방식이나 업무 스타일이 어느 정도 잡히겠죠. 저를 담당하신 편집자님들의 입장은 어떠한지 모르겠습니다만 저는 대체로 수월했습니다. 편집자님이 "여기여기 이렇게 고칠까 하는데 어떻게 생각하는가?" 하면, 저는 "흠, 여기여기여기는 다 고치는 게 좋겠습니다만, 저기저기저기는 원래대로 놔두는 게 좋겠습니다." 하고서요. 편집자님이 수정의견을 주시면 특별한 의도가 있지 않는 한은 편집자님의 의견대로 따랐던 거 같습니다.

제가 편집자님과 교정을 보면서 제 마음속에 그어놓은 마지노선은 '내가 쓴 글처럼 보이는가' 였습니다. 지금껏 작업한 책 세 권은 편집자의 교정을 통해 많은 부분이 수정되었지만, 그래도 제가 쓴 글 같아 보였거든요. 저에게 어떤 '문체'라는 게 있다면 기본적인 그 틀은 부서지지 않고 지켜졌던 셈입니다. 교정 후에 아무 페이지나 열어봐도 제가 쓴 글 같아 보였습니다. 그리고 함께 작업했던 편집자들은 제가 '원래대로 되살렸으면 좋겠다' 하는 부분이 있다면 제 말을 들어주었습니다. 뭔가 저자로서 아, 내 글이 무시당하지 않고 있다, 하는 느낌을 받았습니다. 글쓴이에게 글은 자기 자신과 동일합니다. 글이 무시당하지 않는다면 인격체로서 인정을 받는 느낌이 들죠.

자, 그럼 다른 편집자 이야기를 한번 해볼까요. 저는 데뷔작을 내기 전에 한 출판 편집자를 만난 일이 있습니다. 여러 꼭지로 이루어진 음악 에세이 원고였는데요. 그는 계약을 하기 전 두 꼭지 정도를 샘플로 편집하여 저에게 보내주었습니다. 앞으로 계약을 한다면 이런 식으로 편집 작업을 하겠다, 하는 그야말로 '샘플' 교정 파일이었는데요.

그 파일의 가장 큰 문제는 제가 쓴 글 같지가 않았다는 거예요. 너무 많이 달라져있었습니다. 세 줄짜리 한 문장이 있었다면 그는 하나의 긴 문장을 난도질하여, 여러 문장으로 만들었습니다. 아마도 그 편집자는 단문이 좋다는 생각이 있었던 거 같아요. 그리고 가장 큰 문제는 문장 속에 제가 느끼지 않은 '감정'의 단어까지 스스로가 추가했다는 점이었습니다.

당시 저는 대체적으로 무미건조하고도 담백한 문체의 글을 쓰려고 노력했습니다. 글 속에 제가 느끼는 감정 따위를 적어두지 않았는데요. 그는 제 문장을 편집하면서 이런저런 사사로운 감정의 단어들을 추가시킨 겁니다. 행복했다느니, 다행이었다느니. 그건 암만 읽어봐도 제가 쓴 글이 아니었어요.

　결국 저는 그 편집자와 작업이 어렵다는 생각이 들어 계약을 포기했습니다. 그도 저에게 사과를 했고 우리는 같은 배를 탈 운명에서 남남이 되었습니다. 아마 그때 계약을 했다면 저의 데뷔는 조금 빨라졌겠지만 후회는 전혀 없어요. 오히려 제가 글 쓰면서 가장 잘한 일 다섯 손가락 안에 들 정도로 좋은 선택이었다고 생각합니다.

　인터넷을 하다가 책 하나를 낸 한 작가의 볼멘소리를 본 적이 있는데요. 첫 책의 교정 작업 당시 편집자가 자신의 글을 너무 많이 고쳐서 자기가 쓴 글 같지가 않았다는 거예요. 그리고 그런 불만을 당시 편집자에게도 털어놨었다고 합니다.

　그때 담당 편집자는 이렇게 말했다고 하더군요.
　"출간하는 원고는 두 부류인데, 하나는 문장력을 보고 출간

하는 것이고, 하나는 글은 별로이지만 콘텐츠가 좋아서 출간하는 겁니다. 작가님의 원고는 후자 쪽이니 과한 편집을 이해해주길 바랍니다."

그 책을 읽어보진 않았지만, 소재 자체는 워킹맘에 대한 책이었던 것 같아요.

저는 이 편집자의 말이 대체로 옳다고 생각합니다. 자신의 글이 문장력에 기대는 글인지, 혹은 콘텐츠에 기대는 글인지 구분을 하시면 마음속에 마지노선을 잡고서 편집자의 편집 방향에 수긍 혹은 반대를 하실 수 있을 겁니다. 자신의 글이 어떤 부류인지 아는 게 중요하겠습니다.

때로는 아는 게 많다고 글을 잘 쓰는 건 아닌 것 같습니다. 자신의 글을 과소평가해선 안 되겠습니다만, 과하게 자신의 글을 맹신해서도 곤란합니다. 뭐, 일반화의 오류겠지만 몇몇 편집자들은 교수님들 원고를 그렇게 싫어하더라고요. 역시나 몇몇 교수라는, 그러니까 많이 배우신 분들이 편집자에게 "절대 내 글을 고쳐서는 안 돼!" 한다는 건데요. 전형적인 자기 글의 맹신이자, 꼰대의 모습이라고 할 수 있겠습니다. 문법이나 맞춤법도 엉망인 글을 못 고치게 한다면, 편집자로서 속이 터질 겁니다.

저는 스스로를 '작가'라고 부르기엔 좀 부끄러워하는 타입이지만, 그래도 저에게 '작가정신' 같은 게 있다면 그건 콘텐츠가 아닌 문장력이 괜찮은 사람, 글에 오리지널리티가 있는 사람이 되고 싶다는 욕심일 겁니다. 제가 쓴 문장을 지키고 싶어 하는 마음이 큰 사람이에요.

그러니 혹여나 나는 문장력이 좋은 작가가 되고 싶다, 하는 분이라면 자신의 글을 해치는 편집자에겐 반드시 선을 긋길 바랍니다. 책을 출간하게 된다는 흥분으로 무턱대고 편집자의 난도질을 방관하지 마시길 바랍니다. 반면 나는 내가 생각해도 문장력이 형편없지만, 콘텐츠가 좀 독특하고 좋은 것 같아, 나는 문장을 쓰는 데에 있어서는 영락없는 아마추어야, 하는 분들이라면 편집자의 말을 잘 들으세요. 편집자는 당신의 글을 더 유려하고 보기 좋게 만들어 줄 겁니다.

물론 편집자가 가장 원하는 원고는 좋은 문장력과 훌륭한 콘텐츠가 함께 어우러진 원고가 아닐까 싶긴 합니다만, 그런 원고를 쓰는 분이라면 이미 '작가'의 길을 걸어가고 있겠지요.

글이 의도대로 읽히지 않을 때

글쓰기와 관련된 아포리즘 책을 읽다보면 작가가 생각하는 독자라는 것도 각기 다릅니다. 독서, 그거는 독자들이 알아서 하는 거고, 나는 모른다, 배 째라, 하는 작가가 있는 반면, 아아 독자님들, 위대한 독자님들은 대부분 창작자보다 똑똑하심, 독자가 그렇다면 그렇다는 거야, 독자가 짱이야, 하는 작가도 있습니다. 독자를 생각하는 작가도 결국은 뭐 제각각입니다.

어떤 분들은 쓰는 것은 고통이요, 그저 남들이 쓴 글을 읽는 게 재밌다, 하는 분들도 계시고, 또 어떤 분들은 아아, 나는 책 읽는 거 진짜 못하는데 글 쓰는 게 오히려 더 재미나다, 하는 사람들도 있는 거 같습니다. 그러니까 읽는 걸 잘하는 것과 쓰는 걸 잘하는 건 분명 다른 영역인 것 같습니다. 저는 약간의 난독 증세랄까, 책을 읽다가 문장을 놓치는 경우도 부지기수이고, 스스로 좋은 독자는 아닌 것 같다는 생각이 듭니다. 쓰는 거야 뭐, 제 머릿속에 둥둥 떠다니는 이야기들 정리해서 타이핑하면 그만이니까, 저는 굳이 구분하자면 쓰는 쪽이 더 수월하고 재밌습니다. 아아, 무명 글쟁이 이경 오늘도 주접을 떨며 제 자랑을 하고 있구나, 지청구를 놓으셔도 사실이 그러하니 어쩔 도리가 없습니다.

각설하고, 글이라는 게 보통은 의도가 있기 마련입니다. 이 얘기가 무엇이냐. 작가가 전달하려는 이야기가 분명 있다는 거죠. 문제는 모든 독자들이 작가의 의도대로 글을 읽어준다면 오늘도 세상은 위아 더 월드, 피스 평화롭겠지만, 어디 독자가 그렇게 단순한가요. 그렇지 않습니다. 이제는 고인이 된 한 야구 해설가가 살아생전 "야구 몰라요."라고 말했듯, 독자도 몰라요 몰라, 알 수가 없습니다.

글을 쓰고서 책을 낸다고 생각해봅시다. 요즘은 책을 내면 서평 이벤트라는 걸 자주 하죠. 출판사에서는 출간 전후에 서평단을 꾸립니다. 독자 선발대라 할 수 있는 서평단에게 책을 보내주고, 자자 이 책 좋으니까 한번들 읽어보시고, 이런저런 서점 사이트에 리뷰를 올려주십쇼, 하고 홍보를 시작합니다. 출판사의 마케터나 담당 편집자들은 이런 초기 서평단의 리뷰를 보면서 책의 반응을 살피고, 앞으로 이 책이 어떤 방향으로 나아갈지 판단을 하기도 하는 것 같습니다.

작가는 담당 편집자가 써준 보도자료 이후, 서평단을 통해 실제 독자의 리뷰를 받아 들게 되는 겁니다. 작가와 담당 편집자는 한마음 한 뜻으로 책을 만들어 왔기 때문에, 보통 편집자는 작가의 의도를 가장 잘 파악하고 있을 사람입니다. 그러니 보도 자료는 별 문제가 없을 테지만, 실제 독자의 리뷰가 올라오는 순간 작가의 머릿속은 복잡해집니다. 어떤 사연일까요.

글쟁이는 글과 자신을 동일하게 여깁니다. 누군가 내 글을 욕한다면 그건 마치 나를 욕하는 것과 같습니다. 이런 마음을 가진 채 서평단의 리뷰를 살핍니다. 아뿔싸, 누군가 나를 욕하진 않았지만, 내 책을, 내 글을 욕하고 있습니다. 그런데 문제는 리뷰를 올린 사람이 내가 쓴 글의 의도를 전혀 파악하지 못한 채 자기 멋대로 해석을 해서 욕을 합니다. 작가도 사람인지라, 뒷골이 땡기고 혈압이 올라가면서 이를 바득바득 갈아가며 씩씩 거리게 됩니다. 으으, 독자 네놈의 IP를 추적해서 아주 그냥 혼구녕을 내주겠어, 하는 마음이 들기도 합니다.

그러니까 이런 거죠. 작가가 책에 "1 + 1 = 2"라는 문장을 썼다고 칩시다. 독자들이 아아, 이 작가가 말하기를 "1 + 1 = 2"라고 하더라, 해석한다면 문제 될 게 전혀 없습니다. 하지만 우리의 독자들은, 한 치 앞을 내다볼 수 없는 존재들입니다. 누군가는, 아아, 이 작가가 말하길 "1 + 1 = 1"이라더라, 혹은 "1 + 1 = 3"이라더라, 하고 해석을 하는 이도 있을 겁니다. 하지만 이 역시 크게 문제 될 것 같진 않습니다. 작가의 의도에서 그렇게 크게 벗어나진 않으니까요.

그럼 어떤 독자가 문제인가. 아아, 이 작가가 글을 쓰기를 "1 + 1 = -54824"이라더라. 뭐 이런 식의 해석을 하는 이가 작가에게는 문제의 독자가 되겠습니다. 마이너스 54824 라는 숫자는 그저 키보드의 아무 숫자나 때려 넣은 거니까 아무런 의미가 없습니다. 숫자의 의미를 해석하지 마세요. 그저 독자의 해석은 이렇게까지 엉뚱할 수 있다는 걸 말하고자 하는 거니까요.

출간 후에 어떤 독자가 가장 좋은가, 생각하게 됩니다. 일단 책을 사주는 독자가 좋습니다. 읽지 않아도 사주는 것만으로도 좋습니다. 읽어주면 더 좋습니다. 읽고서는 책을 좋게 평가하여 인터넷 서점에 별점 만점을 찍어주고는, SNS에 예쁘게 사진을 찍어 올려주고는, 독후감, 서평, 책 리뷰 등등 책 이야기를 해주며 주변에 입소문까지 내준다면 작가는 이 독자에게 사랑의 감정까지 느끼게 될지도 모릅니다. 작가가 쓴 다른 책들까지 찾아서 읽어봐 준다면 더할 나위가 없습니다.

반면에 똑같이 책을 읽어주고 SNS에 서평이며 리뷰며 다 해주는데 작가의 의도에서 벗어난 해석을 하는 독자를 만날 때에 작가는 조금 곤란함을 겪기도 하는 것 같습니다. 이건 분명 사랑의 감정은 아닌 것 같습니다. 그렇다고 작가가 일일이 그런 독자의 게시물에 댓글을 달아가며, 어, 음, 흠, 제가 쓴 글은 그런 의도가 아니었습니다만, 할 수도 없는 노릇입니다. 작가로서는 어쩐지 찌질해 보일 것 같기도 하고, 독자 입장에서도 이 사람 뭐야, 무서워, 할 수 있을 것 같습니다.

결국 독자의 해석에 작가의 의도는 그다지 중요치 않은 것 같다는 생각이 듭니다. 쓰는 이는 하나지만, 읽고서 해석을 하는 이는 여럿이니, 어쩌면 하나의 책은 독자에 의해 비로소 만들어지는 것이 아닌가 하는 생각이 듭니다. 과대평가, 과소평가라는 단어가 괜히 있는 것이 아닐 테니, 누군가의 글은 의도대로 해석이 되는 경우도 있겠지만, 누군가의 글은 이상한 방향으로 과하게 확대, 축소 해석되어 좋거나 나쁘게 평가를 받을 수도 있을 겁니다.

글을 쓰는 누구라도 '악플'을 받길 원하지는 않을 겁니다. '악플'이 달릴 수도 있겠다, '악플'이 달릴지도 몰라, 하는 걱정 우려의 마음을 가지고 글을 쓸 수는 있겠지만, 글을 쓸 때부터, 후후후 독자 놈들아 기다려라, 내가 아주 헛소리를 심하게 해줄 테니 나와 함께 투닥투닥 오늘 아주 그냥 전쟁을 벌여보자, 하는 글쓴이는 거의 없을 겁니다. 물론 그렇게 싸우자는 식의 의도를 가지고 글을 쓰는 사람도 분명 있긴 할 겁니다. 그 조차도 글쓴이의 '의도'가 심어진 글이라고 봐야 할 테니까요.

다만 대부분의 글쓴이들, 특히 에세이 같은 장르의 글을 쓰는 이들은 독자에게 공감을 바랄 테지, 전투를 바라진 않을 것 같습니다. 내가 쓴 글에 악플이 달린다면 작가는 분명, 으으으 이것은 나의 의도가 아니었다, 으으으, 생각하게 될 테지만, 어쩔 도리가 없습니다. 받아들여야 합니다. 그게 마음이 편합니다. 우리의 독자들은 한 치 앞을 알 수 없는, 생각하는 존재이기 때문입니다.

그렇다면 작가는 엉뚱한 해석을 늘어놓는 독자에게 피해만 보아야 하느냐. 그럴 수 없습니다. 힘을 길러야 합니다. 자신의 의도가 독자에게 잘, 그것도 아주 자아아아알, 전달될 수 있도록 해야 합니다.

그 방법이 무엇이냐. 글을 잘 쓰는 겁니다. 글을 아주 잘 쓰면 대부분의 독자들은, 아아 이 작가가 지금 "1 + 1 = 2"라고 틀림없이, 분명히, 명백하게 얘기를 하고 있구나, 생각하게 될 겁니다. 하지만 안타깝게도 보고 계신 제 책에서 글 잘 쓰는 방법 따위는 없다고 계속 말해왔습니다. 그렇지 않습니까. 그런 게 있을 리가요. 그런 거 없어요, 없어.

그렇지만 글쓰기의 기본 중 하나만 잘 지켜도 글의 의도는 독자에게 잘 전달될 수 있습니다. 이건 분명합니다. 그 기본이 바로 '주술호응'이라고 저는 생각합니다. 독자가 작가의 의도를 오해하고 곡해하고 왜곡하고 오독하여 오도도독 씹게 되는 경우의 대부분은 이 주술호응이 애매하게 이루어졌기 때문이라고 봐도 좋겠습니다. 그러니 글을 쓰는 이들은 글을 쓰고 퇴고를 할 때에 이 주술호응을 잘 다루어야 합니다. 설마, 이보게 무명의 글쟁이 양반, 주술호응이란 게 무엇인가? 묻는 분들이 있지는 않으시겠지요. 네? 하지만 설마는 언제든 일어날 수 있는 일. 주술호응이 무엇인지 모르는 분들이라면 바로 인터넷을 검색하여 찾아봐주시길 바랍니다.

물론 분명하고 명확하게, 오로지 한 가지 뜻으로만 전해질 수밖에 없는 완벽한 문장을 썼어도, '슈퍼 오독'을 일삼는 독자가 있습니다.

그럴 때는 어떻게 하느냐.
도망치세요. 후다닥.

동료 작가와의 책 품앗이

첫 책을 내고 나서였나. 트위터에서 글을 하나 읽었는데, 그 내용인즉슨 한국 문학판은 신인 작가나 기성 작가들이 새로 책을 내면 서로 사서 읽어주고 팔아주는 소위 망한 판이라는 얘기였습니다. 공유가 꽤 많이 된 글이었는데, 저도 그런 분위기는 얼추 알고 있어서 십분 이해가 가고 공감이 되었습니다.

그런데 저는 책을 준비하면서 합평 같은 걸 해본 적도 없고, 동료 작가라고 부를 만한 사람도 주변에 몇 없이, 그저 사무실 구석에서 독고다이 스타일로 글을 써 와가지고 아, 진짜

구리다, 나는 다른 작가가 내 책 읽어주는 일이 생긴다고 해도, 관심 없으면 안 읽어봐야지 하는 마음을 가졌던 것입니다.

그러다 진짜로 첫 책이 나오고 시간이 흐르자 예비 작가나 저보다 앞서 책을 내신 분들이 책을 사서 봐주고, 그것도 모자라 서평까지 남겨주시면 내 심장은 두근두근 합이 네 근이 되고, 뭔가 마음에 빚을 진 것 마냥, 아 어쩌지, 나도 저분 책을 사서 봐야 하나, 뭐 그런 생각이 들기 시작했다는 것이지요.

그래서 전에 가지고 있던 생각을 좀 고쳐먹고 내 책을 사서 봐주는 작가 분들이 계시면 언젠가는 그분들 책을 사서 완독하든 못하든 읽어봐야지, 하게 된 것입니다.

서로의 책을 사서 팔아주는 일. 이게 분명 망한 문학판의 방증은 맞는 거 같은데, 저나 제 책을 읽어주는 다른 작가 분이나 서로가 무명인 것은 매한가지라, 뭐 무명작가들이 서로의 책을 읽고 으쌰으쌰 어기여차, 우리 앞으로도 계속 열심히 글을 써 봅시다, 우리 존재 파이팅! 하는 거면 괜찮지 않나 하는 심정이랄까요.

유명 작가들 책이야 나오면 자연스레 서점 매대에 올라가고, 판매도 쭉쭉 이어진다지만, 무명작가들은 어디 홍보할 구석도 마땅치 않으니 이런 응원이라도 있어야 하지 않겠는가, 이름 없는 작가들이 서로 책 읽어주고, 누구라도 하나 유명해지면 또 서로 밀어주고 당겨주고, 네? 그렇게 하나둘 무명을 벗어나고, 네? 일단은 제가 제일 빨리 유명해지면 좋기는 하겠는데요.

아무튼 예로부터 우리에겐 품앗이라는 아름다운 전통이 있지 않겠습니까. 다른 것도 아니고 무명작가들이 돈 만 원 정도 써서 서로의 책을 사서 봐주는 거, 비록 망한 판이라도 거기에는 어떠한 아름다움이 있지 않나 하는 생각, 이거 분명 자기 위안이고 합리화인 거 같긴 합니다만.

그래도 저는 제 책을 읽어주는 작가님들이 계시면 아, 일단 고마우니까 인터넷 서점에서 미리보기라도 보고, 재밌어 보인다 싶으면 사서도 보고 뭐 그러고 있는데… 이것도 소설이나 에세이를 쓰시는 분들이나 해당하는 이야기겠습니다.

어느 작가가 아무리 제 책을 재밌게 보았다, 칭찬을 늘어놓는다 하더라도 그가 자기계발서나 돈 버는 방법 따위의 성공 담 가득한 책을 쓴 사람이라면 역시 저는 손이 잘 안 가고 만 달까요. 가끔 이런 책을 쓰시는 분들이 제 책이 재밌어 보인 다고 얘기해주시면 저는 어찌해야 할지 모르겠습니다.

제가 그렇다고 오로지 문학만이 최고다, 이런 건 아니고 자 기계발서 안 보는 거야 장르 취향의 문제랄까. 가령 표지나 띠지에 저자 얼굴이 큼지막하게 박혀 있으면 저는 손이 잘 안 가고, 무엇보다 저한테는 계발할 무엇도 없는 것이 아닌가 싶 어서 말이지요.

예를 들어 주식으로 부자 되기, 이런 책이 있다면 주식에 투자할 시드 머니가 있어야 책을 보든가 하지, 나는 개뿔 시 드 머니 같은 거 없다, 이런 상황이라. 자기계발서나 돈 버는 방법의 책이 대체로 뭐 그렇지 않습니까. 부동산으로 부자 되 기, 며칠 만에 책 쓰기, 나는 이렇게 성공했다, 뭐 이런 부럽 지만 와 닿지 않는 이야기들.

그리고 무슨무슨 협회 같은 글쓰기 아카데미 출신의 책도 높은 확률로 손이 안 가는 게 사실입니다. 책이 새우깡도 아 니고 손이 안 가는데, 간다고 할 수 없지 않겠습니까.

뭐 그럼에도 글을 쓰는 분들이 제 글을 재밌게 읽어주시면 저는 아, 고맙다, 저분이 책을 내신다면 나도 한번 읽어봐야지 뭐 이러고 있기는 합니다만. 자기 합리화와 내가 싫어하는 책 이야기를 동시에 하려니, 어쩐지 글이 매우 두서없습니다, 지금.

한때, 그러니까 출판업계에 발을 담그기 전에는 책에 붙는 추천사가 아무런 사례 없이 순수하게 책을 미리 읽고 추천을 하는 건 줄 알았는데, 추천사에는 보통 사례가 따른다고 해서 살짝 충격을 받기도 했습니다. 누구는 고급 와인 한 병을, 누구는 이십만 원 정도를. 이렇게 사례에 적당한 크기를 구체적으로 알려주는 이가 있을 정도였습니다. 물론 사례 없이 추천사를 써주시는 분들도 있기야 하겠지마는, 이제 추천사가 덕지덕지 붙은 책을 보면 아, 저 책의 추천사에는 얼마 정도가 들었겠구나, 하는 생각이 절로 들기도 합니다.

그에 반해 아무런 조건 없이 서로의 책을 사 봐주고 으쌰으쌰 하는 일은 뭐, 망한 판이라도 충분히 아름답다고 할 수 있지 않겠습니까. 원로 작가 강준희가 쓴 〈한고조〉라는 단편을 보면 책을 낸 소설가가 주변 지인들에게 책을 보내도 말 한

마디 없더라, 하는 한탄이 나오는데 주머니를 열어 책을 사서 읽어주고 감상 올려주는 주변 작가나 독자들은 진짜 아름답다고 생각합니다.

그런 점에서 내가 책 읽어본 작가님들, 내 책 좀 읽어줘요. 왜 내 책은 안 읽어줍니까? 얼마나 재밌는데, 하는 징징거림은 시답잖은 농담일 뿐입니다. 제 책에 관심이 없는 작가들에게 아무리 책을 읽어달라고 매달려봐야 무슨 소용이 있겠습니까.

그저 주변에서 글을 쓰고, 책을 내시는 분들이 계신다면, 특히 망한 문학판에 계신 분들이라면 다 잘돼서 다음 책도 힘내서 쓸 수 있으면 좋겠다, 하는 뭐 그런 이야기입니다.

물론 저는 제가 제일 잘됐으면 좋겠습니다. 이건 뭐, 진담입니다만.

직업을 어찌하나

저는 서른아홉 나이에 첫 책을 냈는데요. 첫 책을 내고도 그랬고, 두 번째, 세 번째 책을 낼 때마다, 나는 왜 조금이라도 일찍 책을 쓸 생각을 못하였는가, 하는 후회가 들곤 했습니다. 출간 전의 과거로 돌아가 저를 만날 수 있다면, 어이어이, 자네에겐 책을 쓸 수 있는 역량이 있으니 한번 써보라고, 출판 산업은 갈수록 안 좋아지니까 미리미리 써야만 그나마 조금이라도 더 좋은 기회가 생길 거야, 하고서 말해주고 싶습니다.

한편 또 달리 생각하면, 제가 예상했던 것보다 훨씬 빨리 책이 나오기도 한 것 같습니다. 첫 책을 내기 전, 삼십 대 중반의 어느 날이었습니다. 처가의 한 어르신께서는 제게 노년의 꿈을 물으신 적이 있는데요. 저는 "나이 들고 은퇴하면 어디 조용한 데 가서 글이나 쓰면서 살고 싶습니다." 하는 대답을 하였던 거죠. 그때만 해도 저는 본격적으로 글을 써야겠다는 생각을 하지 못하고 살았기 때문입니다.

그도 그럴 게 저뿐만 아니라, 많은 분들은 직업을 가지고 있을 테고, 본업에 바삐 지내다보면 자연스레 글 쓸 생각 따위는 못하고 지내지 않겠습니까. 그러다 어느 날 어떠한 이유에서든 이대로 다람쥐 쳇바퀴 돌듯 살 수는 없다, 글을 써봐야지 하고서 굳은 다짐을 하고 백지를 노려보지만, 글은 잘 써지지도 않고, 이럴 땐 역시 본업을 핑계 대며, 아아 글 쓸 시간이 좀처럼 나질 않아서 답답하다, 내가 진짜 이놈의 회사 생활만 아니었으면 글을 쭉쭉 써내려 갈 텐데, 하게 될 겁니다. 이번에는 직장이 있는 사람의 글쓰기에 대해 얘기해볼까요?

첫 책을 내기 전 한 출판사와 미팅을 한 적이 있는데요. 그때 출판사에서는 편집자와 마케팅을 담당하시는 분이 같이 나오셨습니다. 마케터님의 질문 세례가 좀 재밌었는데요.

첫 질문이 특정 정당을 언급하며 "○○당 지지자는 아니시죠?"였습니다. 아, 책을 내기 위해선 출판사와 정치 성향까지 비슷해야 하나 싶은 생각이 들었습니다만, 대부분의 출판사는 작가의 정치 성향에는 큰 관심이 없지 않을까 싶어요. 그 마케터님이 좀 특이한 케이스였다고 생각합니다.

또한 마케터님은 저에게 이런 질문도 주셨어요. "공대생 출신은 아니시죠?"

당시 마케터님의 말씀에 따르면 자신의 경험으로 보았을 때, 공대생 출신 중에 이렇게 글을 잘 쓰는 사람은 드물다, 심지어 문장 하나를 제대로 완성 못하는 공대생 출신들도 많이 있다, 그에 비해 아, 우리 이경 작가는 글을 너무 잘 써서, 분명 공대생 출신은 아닐 거야, 하는 생각을 했다는 겁니다.

아, 그러니까 제가 이 책은 저 잘난 척 하기 위해서 쓰는 책이라고 분명 말씀 드리지 않았겠습니까. 마케터님의 질문에 저는 그저 웃기만 하고 답을 못 드렸는데요. 웃을 수밖에 없었던 까닭은, 저는 공대생은커녕 대학 졸업장이 없는 고졸 출신이었기 때문입니다.

여하튼 마케터님이 얘기한 공대생 출신은 글을 잘 쓰지 못할 것이다, 하는 것은 전형적인 일반화의 오류이니까요. 이 책을 보고 계신 공대생 출신 분들은 노여워하지 마시길 바랍니다.

그 외에 이런저런 재미난 질문과 답이 오갔고, 그때마다 출판사 분들은 어리바리했을 저의 멘트에도 쉬이 동의해주었습니다. 한마디로 미팅 분위기가 참 좋았는데 말이죠. 어느 정도 미팅이 진행되고 나서 마케터님은 저에게 이런 질문을 해주셨어요.

"작가님의 꿈은 무엇입니까?"

그래서 저는 예비 저자와 출판사의 미팅이고 해서, 작가정신을 발휘하여 대답을 해볼까 싶어, 별다른 고민 없이, 히죽히죽 웃으며, 저는 전업 작가가 꿈입니다, 헤헤헤헤, 하였더니, 그간 저의 멘트에 동의를 해주시던 마케터님과 편집자님이 모두 한 목소리로, 에에에에, 그래도 직장은 다니셔야죠, 하시면서 깜짝 놀라 저를 말리더란 말입니다.

아니, 제가 바로 당장 전업 작가를 하겠다는 것도 아니고, 꿈을 묻기에, 먼 훗날의 꿈을 이야기하였던 건데, 대체 전업 작가가 무엇이기에, 이렇게 뜯어말리는 것인가, 나 같은 작가 지망생은 전업 작가를 꿈꾸면 안 되는 건가, 뭐 이런저런 쭈글쭈글한 생각에 서운한 마음이 들기도 했습니다만, 시간이 지나 책을 세 권 내보니까, 뒤늦게야 저는 전업 작가를 말린 출판사 분들의 조언을 감사히 여기고 있습니다. 오히려 이제는 주변에서 전업으로 글을 쓰시는 분들을 보며 대체 무얼 먹고 사시는 건지 궁금해질 지경이랄까요. 작가님들, 다들 무얼 드시고 지내세요?

한마디로 직업이 있는 분들, 혹시 글쓰기에 매진하고자 직장을 때려치우겠다, 하는 생각이 있거들랑 접어두시고 직장생활을 계속 하시길 권합니다. 앞서 인세 이야기를 한번 했죠. 책값의 10% 정도가 글쓴이의 몫이라고 말씀드렸는데요. 책 판매량과 대략적인 숫자를 다시 한번 따져볼까요?

책값이 15,000원일 때 책 하나 팔리면 저자에게는 1,500원이 들어옵니다. 1,000권이 팔렸다고 칩시다. 인세는 1,500,000원입니다. 근데 요즘 출판사에서 공통으로 하는 말들이 "책 천 권 팔기가 쉽지 않다."예요. 책이 정말 잘 돼서 일만 부가 팔렸다고 칩시다. 인세는 15,000,000원입니다. 물론 적은 돈은 아니지만요. 문제는 일만 부가 하루아침에 팔리는 것도 아니고, 아주 잘되어야 가능한 숫자라는 거죠.

그러니 책이 잘 팔려서 다른 직업을 모두 그만두어도 괜찮을 정도로 경제적 자유를 얻는 경우는 극히 드문 케이스라고 생각합니다. 그렇게 많이 팔린 책이 또 좋은 글이냐 하는 것은 또 다른 문제이기도 하고요.

가끔 글을 쓰고 책을 내서 경제적 자유를 얻으라고 홍보하는 글쓰기 강의도 있는데요. 저는 그런 홍보문구가 굉장히 현실성이 없고 무책임하다고 생각합니다. 글쓰기를 배우려는 사람들에게 현실이 아닌, 환상을 심어주는 것만 같거든요. 경제적 자유, 얻을 수 있다면야 당연히 좋죠. 본업이 빼앗아간 시간에 글을 쓸 수 있다면 얼마나 행복하겠습니까.

많은 작가님들이 직장생활을 하면서 글을 쓰고 있고, 전업으로 글만 써서 생활이 가능한 이들은 많지 않을 겁니다. 그러니 이 글을 보시는 분들 중에, 아아 나는 직장 때려치우고 글쓰기에 매진하겠다, 하시는 분이 있다면, 아아, 나는 한번 제대로 망해보겠다, 하는 것과 비슷한 게 아니겠는가 생각합니다. 뭐 물론 스스로 망하겠다는데 제가 어찌할 도리는 없겠습니다만, 글쓰기에 매진하여 성공할 사람이었다면, 진작에 성공했겠지, 이런 무명 글쟁이의 책을 보고 앉아 있겠습니까. 네?

아, 물론 제 노년의 꿈은 여전히 전업 작가이긴 합니다. 그러니 여러분들이 직장을 때려치우고 글을 써서 경제적 자유를 얻고 대박이 터지면 제가 너무 질투 나고 배 아플 것 같으니까, 아무튼 직장은 계속 다니시면 좋겠습니다.

백지를 노려보다가 글이 안 써지면, 본업 때문에 바쁘다는 핑계라도 대야 하지 않겠습니까. 어차피 글은 잘 안 써질 게 빤할 텐데 말이에요.

작가를 보는 주변의 시선

　이 책과 관련하여 출판사 분들과 미팅을 하는데, 편집자님이 묻습니다. "글을 쓴다고 하면 주변에서 어떤 시선으로 보시나요? 아내 분께서는 응원을 해주시나요?"

　편집자님들은 대체로 이런 걸 궁금해 하는 것 같습니다. 전에 다른 편집자님도, 제 글에 대한 아내의 반응을 궁금해 하신 적이 있는데 말이죠. 사실 저도 궁금합니다.

　무라카미 하루키는 글을 쓰고 나면 자신의 아내에게 글을 보여준다고 하던데, 저는 그게 참 남사스럽기도 하고, 부끄럽습니다. 저는 출간 작업을 목표로 쓰는 글은 한글 프로그램을 사용해서 쓰는 편인데, 이 작업을 할 때만큼은 아내는커녕 누구에게도 보여주지 않고 쓰는 편입니다. 딱 한번 《힘 빼고 스윙스윙 랄랄라》라는 에세이를 쓸 때는 꼭지가 모이면 아내에게 보여주곤 했는데요. 그때 아내는 대체로 제 글을 재밌어해 주었던 것 같긴 합니다.

그때 외엔 아내가 글을 쓰는, 또 책을 쓰는 저를 응원하는지는 사실 잘 모르겠습니다. 책이 나오면 SNS 등에 출간 소식을 알리며 주변에 홍보도 해주고 그러는 것 같긴 한데, 책에 대한 피드백이랄까, 뭐 그런 건 거의 없다시피 해서, 제 책을 보았을 때 어떤 감정인지는 잘 모르겠습니다.

오히려 가끔 아내는 제가 쓰는 글을 좀 싫어하는 것 같기도 합니다. 정확하게는 제가 쓰는 글을 싫어하는지, 아니면 글을 쓰는 저를 싫어하는지, 혹은 그냥 저를 싫어하는 건지… 아, 이렇게 생각하니 좀 슬퍼지는군요.

말씀드리자면 제가 글과는 달리 평소에는 말도 거의 없고 내성적이고, 조용하고, 과묵한 사람인데요. 그래서 그런지, 아내는 어느 쪽이 실제 저의 모습인지 좀 헷갈려하는 것 같기도 하고, 배신감이랄까요. 내가 아는 남편은 말이 거의 없는 사람인데, 온라인에서는 왜 이렇게 나불나불 떠들어대는가, 입에 모터라도 달았는가, 싶어서 조금 꼴사납다고 생각하는 것 같기도 합니다.

또 가끔 아내를 희화화하며 글을 쓰기도 하고, 또 가끔은 오래전 구여친 이야기를 아무렇지 않게 글로 쓰기도 하니까, 아내 입장에서는 그런 생각이 충분히 들지 않겠습니까. 이 새끼는 뭐 하는 새끼인가. 남편인가, 웬수인가. 그러니 글을 쓰는 남편을 응원해 주어야 하나, 말아야 하나, 왔다 갔다 하는 마음이 아닐까 싶어요.

어느 날은 "글에서 한번만 더 내 이야기를 하면 죽여버리겠어."라며 겁을 주기도 하고, 또 어느 날은 "힘든 일이 있으면 글로 써봐." 하며 따뜻한 말을 해주기도 하고 말이지요. 상황이 이러니 저도 아내가 던져주는 장단에 어떤 춤을 추어야 할지 조금은 헷갈립니다. 어떤 날은 브레이크 댄스고, 어떤 날은 블루스고, 또 어떤 날은 지루박이랄까.

집에서는 가사와 육아에 큰 도움도 안 되는 인간이 책을 냈답시고, 온라인에서 몇 안 되는 독자와 소통을 한다며, 아이고 독자님, 제 책을 읽어주셔서 감사합니다, 아이고 작가님,

글이 너무 재미있습니다, 글이 너무 좋아서 작가님은 왠지 목소리도 근사하고, 키도 크고, 얼굴도 잘 생기셨을 것 같아요, 사랑해요 작가님, 작가님이 최고예요, 하며 주고받는 댓글을 옆에서 보고 있으면 역시나 조금은 꼴불견이 아니겠습니까.

실상은 팬티 차림으로 소파에 누워서 마치 대단한 인기 작가인 것처럼 어깨를 으쓱으쓱 거리고, 낄낄낄 거리며, 배를 벅벅 긁고, 코를 훅훅 후비던 손으로 자판을 두드리는 것일 텐데, 역시 그렇게 생각하면 아내 입장에서는 확실히 남편이라는 작자가 재수 없어 보일 것 같기도 합니다.

그래서 그런지 아내는 가끔 SNS에서 저를 차단하기도 하고, 언팔 하기도 하고 뭐 그렇습니다. 이렇게 말하면, "설마 아내가 남편을 차단하려고", 하고서 농담으로 생각하시는 분들이 있는데 말이지요. 제 아내는 한다면 하는 사람입니다. 제 아내의 결단력을 과소평가하지 말아 주세요.

이러니 가끔 편집자님들이 "아내 분은 작가님 글을 좋아하시나요? 응원하시나요?" 물어보시면, 저는 바로 대답이 나오지 않고, 아내가 내 글을 좋아하는가, 어떤가 하는 생각에 빠져 답변을 머뭇머뭇하는 겁니다. 아, 그래도 인세가 나오는 날, 아내 통장으로 이체를 해주면 그때만큼은 아내도 분명 웃음을 보이고는 하는 것 같던데 말이죠.

참고로 말씀을 드리자면 아내와 저는 생년월일이 같습니다. 그러니까 태어난 날이 같아서 연애 시절부터 누나도 동생도 아닌, 친구 같은 사이로 지냈는데, 그래서 그런가, 다투기도 자주 다투고, 그런 다툼 속에서 또 사랑은 피어나고, 부부 사이라는 게 뭐 그런 거 아니겠습니까.

속내를 알 수 없는 아내와 달리 부모님은 제가 책을 내었다고 하니, 분명 좋아하시는 것 같습니다. 자랑스러워하시는 것 같달까요. 서점에 가서서 책도 좀 사주시는 것 같고, 여기저기 입소문도 많이 내주시는 것 같습니다.

친구의 시선은… 제가 친구가 없어서 잘 모르겠습니다. 그럼에도 몇 안 되는 친구들의 시선을 나눠보자면, 책을 사주고 응원해주는 고마운 친구들이 있는가 하면, 완전 무관심한 나쁜 놈들도 있고 말이죠. 그놈들은 얼마나 무관심한지 여기에 지들 이름을 써놓아도 모를 겁니다.

뭐, 저뿐만 아니라 주변에 글 쓰는 분들 보면 다들 비슷한 것 같습니다. 정말 친하다고 생각했던 사람도 책에는 별 관심이 없다더라, 그다지 친하지 않았다고 생각하던 사람이 책이 너무 좋다고 응원을 해주어서 놀라웠다, 뭐 이런 이야기 말입니다. 그만큼 책은 좀 독특한 물건이 아닌가 싶어요. 좋아하는 사람은 되게 좋아하면서도, 관심이 없는 사람은 절대적으로 무관심한. 그전에 생각했던 지인과의 친분이랄까, 친밀도에서 책이라는 게 끼어들면 완전 다른 결과물이 나오는 느낌입니다.

뭐, 이러쿵저러쿵 떠들어대도 확실한 것 하나는 분명 있는 것 같습니다. 어느 날 영화감독 쿠엔틴 타란티노에 대한 기사를 보았는데요. 어린 시절 자신의 글을 무시했던 어머니에게 단 한 푼도 주지 않겠다, 경제적 지원을 하지 않겠다, 하는 기사였습니다.

그러니까 글을 쓴다는 인간들은 주변의 시선에 아랑곳하지 않는 척하면서, 아주 옛 일들까지 또렷하게 기억하고서는 또 아주 오랜 세월이 지나고도 복수를 하고야 마는 그런 족속들입니다. 그러니 이 글을 보시는 분들은 주변에 작가를 지망하는 분들이 계시다면, 그들이 비록 한심해 보이더라도 따뜻한 시선과 말 한마디를 건네주길 바랍니다. 먼 훗날 복수를 당하지 않으려면 말이죠.

편집자님께서, "작가님, 글을 쓰실 때 주변의 시선은 어떠한가요?"라는 질문을 하였을 때는, 뭔가 따뜻하고 아름답고 힘이 되는 그런 주변의 시선을 떠올리지 않았을까 싶은데요. 그 시선에 대해 막상 글로 써보니 언제나 그렇듯 현실은 그다지 아름답지는 않은 것 같습니다. 글을 쓴다는 사람들은 역시나 대체로 우중충한 족속들이라 어쩔 수 없을 것 같기도 하고 말이죠.

글을 쓰는 사람은 인기가 없다

이 책을 작업하며 이런저런 글쓰기 책을 다시 보았습니다. 새로 사서 보는 책도 있고, 집에 있는 책을 다시 들추어 보는 것도 있고, 그러다가 한 글쓰기 책에서 '글을 쓰는 사람은 인기가 없다.'*라는 내용을 발견했는데 말이죠.

따지고 들면 시중에 나온 글쓰기 책에 쓰인 대부분의 주장에 반박이 가능할 텐데, 이 내용, 글을 쓰는 사람은 인기 없다는 주장에는, 아, 그래그래, 이거 맞지 맞아, 하면서 무릎을 탁 치게 되는 것입니다.

뭐랄까요. A4가 허락하는 최대 크기의 폰트에, 볼드를 먹이고, 밑줄도 긋고, 색상은 아마도 빨간색으로, 그렇게 출력하여, 작가 지망생의 두 눈앞에서 팔랑팔랑 흔들어 보이고 싶은 문장이랄까요.

'글을 쓰는 사람은 인기가 없다.'

세 권의 책을 내면서 저야 애당초 책날개에 사진을 넣을 생각 따위 하질 않았고, 또 출판사에서도 딱히 사진 요청을 한 적이 없어서, 아 출판사에서는 오로지 나의 필력만으로 책을 팔 요량이구나, 나는 외모파가 아닌 전형적 실력파로 승부를 보겠다, 하는 생각을 하게 되었는데 말이죠.

출판업계의 미스터리랄까, 클리셰랄까, 문학책에 쓰인 작가 사진의 대부분은 정면이 아닌 측면을 선호하는데, 보고 있으면 세상에 이런 미남 미녀가 없습니다. 어쩜 그리 잘생기고, 아름다우신지.

하지만, 훗날 작가의 인터뷰 등, 살아 움직이는 영상을 보면, 책에 쓰인 사진은 허구였음을 알게 됩니다. 그제야 측면 촬영과 포토샵 기술이 더해진 사진에 내가 깜빡 속아 넘어갔구나, 깨닫게 되는 거죠.

측면 프로필 작가들을 방송 등에서 보면, 책에 쓰인 사진과 달리, 피부도 푸석하고, 몹시 지쳐 보여서, 당장에 쓰러질 것 같은 모습이랄까요. 작가님, 괜찮으신 겁니까? 안부를 묻고 싶은 낯빛들이란 말입니다.

글 쓰는 이들의 생활습관이란 게 그렇지 않겠습니까. 보통은 사람도 만나지 않고, 햇빛도 보지 않으며, 밀폐된 곳에서 허구한 날 글이나 쓰고 있으니, 푸석한 피부와 어두운 낯빛, 책날개에 쓰인 측면의 얼굴과 포토샵이 모두 이해가 되기도 하는 것입니다.

사정이 이러니 역시 글을 쓰는 이들은 인기가 없습니다. 아, 물론 외모가 훌륭해야만 인기가 많다는 논리적 오류를 범할 생각은 없습니다. 그냥 글을 쓰는 사람들의 이런저런 인기가 없는 요소 중 어두운 낯빛도 있지 않겠는가 하는 것이지요.

요즘엔 짧고, 빠른 시간 안에 무언가를 보여주어야 합니다. SNS에서 주로 10초짜리의 짧은 영상을 올리는, 밝고 건강하고 싱그러운 미소를 보이는 이들의 계정에 들어가 보면, 팔로워가 수십만. 그 짧은 콘텐츠로 인기인이 되었구나, 인플루언서가 되었구나 싶습니다.

반면 한국 문단의 미래, 기대주, 희망 뭐 이런 수식어를 가진 작가의 계정에 가봐야 팔로워는 1만 남짓. 적은 숫자는 아니지만 수식어에 비하면, 또 10초짜리 짧은 영상의 인플루언서에 비하면 역시나 초라한 숫자입니다.

그러니 글을 써서 인기인이 되겠다는 생각은 그야말로 어불성설. 글을 쓰는 사람들은 이처럼 인기가 없습니다. 글을 써서 유명인이 되겠다, 인기인이 되겠다, 인플루언서가 되겠다, 슈퍼스타가 되겠다, 하는 작가 지망생이 있다면, 저는 A4 출력을 한 종이를 눈앞에서 흔들어 보이고 싶은 것입니다.

'글을 쓰는 사람은 인기가 없다.'

그렇게 미리미리 훗날 동종업계의 경쟁자가 될지도 모를 사람들의 싹을 싹둑싹둑 잘라버리고서는….

* 《글 잘 쓰는 법, 그딴 건 없지만》 다나카 히로노부 (인플루엔셜, 2020)

서 매몰

털 수 없다

면 더 미쳐

야합니다.

붙이고, 꾸준히

니다. 글쓰기 강사들이

일이 잘 풀릴 겁니다, 하는 거

니다. 책을 낼 수 없을 확률이

확률이 훨씬 큽니다. 작가가 아

확률이 훨씬 큽니다. 자신감이

나아갈 수 없을지도 모릅니다.

ㅣ 책의 첫 장애 실린 글쓰기으

면 다시 앞으로 나아갈

으로, 위에서 아래

고. 나

이상한 것은

이 든다면

하지만 금

생각을 하고.

분명 책을 내실 수 있을

같은 긍정의 얘기는 할 수

큽니다. 일이 잘 풀리지 않을

평생을 작가 지망생으로 살아

락하여 어쩌면 삶 자체가 앞으

렇게 잠시 멈추어 설 때는, 다시

칙을 떠올려보시길 바랍니다

지도 모릅니다. '글은 왼쪽

까지 저의 잘난 척

4장

작가의
단소리

책을 이해하기

어느덧 마지막 파트까지 왔습니다. 모든 분들이 그렇지는 않겠지만, 글쓰기에 재미를 붙이다 보면 궁극적으로는 책을 쓰고자 하는 마음이 들지 않을까 싶어요. 어떤 장르의 책이든지 말이에요. 개중에는 분명 책이라는 것 자체를 좋아해서 생각만 해도 가슴이 두근두근하실 분도 계실 테고, 또 누군가는 책이라는 것에 큰 의미를 두지 않는 분들도 계시겠죠.

저는 처음 투고를 하고서는 이듬해 첫 책을 냈습니다. 지금 생각해 보면 굉장히 잘 풀린 케이스가 아닌가 싶습니다. 그럼에도 어려움은 분명 있었죠. 특히나 투고를 하고 출판사로부터 거절의 답변을 계속 받게 되면, 아 내가 굉장히 노력해서 거대한 똥덩어리를 만들어냈구나, 하는 자괴감이 몰려듭니다.

그런 거절의 답변 중에서 한 출판사 대표님의 말씀이 기억에 남는데요. 결국 책은 '상품'이라는 이야기였습니다. 즉, 책은 사고파는 물품이라는 거죠. 그러니까 슈퍼마켓에서 살 수 있는 '껌'과 다를 바가 없는 물건이라는 뜻이요. 아무리 감동적이고 잘 쓴 글이라고 해도 읽어줄 사람이 없다 싶으면 만들 수 없는 게 책이라는 이야기였습니다.

저는 '책은 상품이다.' 하는 그 간단한 정의를 마음속에 심는데 무척이나 어려움이 있었습니다. 음? 책이라는 걸 단순히 상품이라고 치부하기엔 그래도 훨씬 빛나고 아름다운 거 아니었어? 팔리지 않을 거 같아도, 글이 좋고, 가치가 있다면 얼마든지 책으로 만들 수 있는 거 아니었어? 하는 생각을 떨치지 못했던 거죠.

돌이켜보면 저는 세상을 너무 아름답게만 보았던 게 아닐까 싶어요. 순진하고 순수한 면이 있었던 거죠. 아아, 착하디착한 무명 글쟁이 이경. 순둥이 이경. 착한 이경.

작가 지망생 시절, 책은 상품이라는 정의를 애써 밀어내고 거부했지만, 이 글을 보고 계신 분들이 조금이라도 일찍 책을 내기 위해서는 이 책이라는 것에 대한 정의를 받아들이시는 게 좋겠습니다. 책은 분명 상품입니다. 팔아야 하는 물건입니다.

누군가는 이미 알고 있는 당연한 이야기겠지만, 작가 지망생 시절의 저와 비슷한 생각을 하고 계시는 분들도 분명 적지 않을 테니까요. 상품이라는 것은 보통 수요와 공급에 따라 만들어지고 가격도 정해지고 하는 거겠죠? 팔기 위해선 독자들의 시선이 가닿을 수 있도록 뭔가 멋진 구석이 있어야 할 테고요.

독립출판이나 자비출판이 아닌, 출판사의 자본으로 책을 만드는 일, 그러니까 최소한 1,000부 정도를 찍어서 서점에 책을 깔고 독자를 만나기 위해서는, 책에 대한 환상을 버리고 냉정하게 현실을 바라볼 줄 알아야겠습니다. 이 책의 초반부를 기억하시나요? 출판사와 저자의 최우선 목표는 책을 파는 것이라고, 그저 팔기만 하면 장땡이라는 말을 농담 비슷하게 했지만, 사실은 그게 농담이 아니라 완전 진담이었던 거죠.

책은 상품. 이 정의를 마음에 새기고 글을 쓰다 보면 분명 작가로서의 시선이 이전과는 달라질 것이라고 생각합니다. 아아, 내가 책 한 권 분량의 원고를 썼다, 대단한 일을 했다, 그런데 왜 출판사는 나의 노력과 땀과 애정과 사랑과 아무튼 간에 여하튼 간에 뭐 이것저것 다 들어가 있는 글을 몰라봐 주는가, 하기 보다는 상품으로서의 가치가 있느냐 없느냐를 따지게 될 겁니다.

책을 준비하는 사람에게는 이 현실 감각을 깨우치는 일이 필요합니다. 사람에 따라서는 조금 슬픈 일일 수는 있겠지만요.

에세이를 쓸까 소설을 쓸까

'소설을 쓸 자신이 없어서, 에세이를 쓴다.'

작가 지망생들 사이에서 심심찮게 보이는 글입니다. 이런 생각이 언뜻 이해가 가면서도 100% 동의하지는 않는데요.

소설과 에세이는 모두 문학 장르 안에 들어가지만 둘의 성격은 조금 다르죠. 아무래도 소설은 픽션, 허구, 구라라고 보는 게 일반적인 시선일 테고, 에세이는 글쓴이의 실제 경험이나 생각을 드러내는 글이니 그런 점에서 분명 차이가 나는 것 같습니다.

이제 막 글을 쓰고자 하는 작가 지망생 분들은 아무래도 이 야기를 꾸며내는 데에 익숙하지 않으니까 소설보다는 에세 이가 쓰기 쉽겠지, 하는 생각을 하실 수 있을 것 같아요. 아주 틀린 말은 아니겠습니다. 아침에 일어나서 세면하고, 밥 먹 고, 이 닦고, 똥 싸고 하는 누구나 겪는 일상을 풀어서 에세이 로 녹여내면 그만이니까요.

소설과 에세이를 모두 쓰는 사람도 흔히 볼 수 있죠. 한국 사람들이 좋아하는 작가로는 무라카미 하루키가 대표격이 아닌가 싶습니다. 같은 무라카미의 글이라고 해도 누군가는 소설을 더 좋아할 수도 있고, 또 누군가는 에세이를 좀 더 좋 아할 수 있을 테고요.

일본의 또 다른 한 작가는, 소설을 잘 쓰는 사람이 에세이 를 잘 쓰는 경우는 있지만, 에세이를 잘 쓴다고 해서 소설을 잘 쓰리라는 법은 없다는 식의 이야기를 하기도 했는데요. 저는 이것도 어느 정도 맞는 말인 것 같습니다. 에세이는 기 가 막히게 쓰면서 소설은 너무 재미없게 쓰는 작가들이 가끔 있습니다. 반면 소설을 아주 재미나게 쓰는 분들은 에세이도 보통 재밌게 잘 쓰는 거 같습니다. 그런 점에서 왠지 에세이 보다는 소설이 조금 더 쓰기 어려운 장르가 아닌가, 하는 생각이 들기도 하는데요.

그런데 재밌게도 우리의 무명 글쟁이 이경은 신춘문예에 등단을 한 것도 아니면서 감히 어쩌자고 소설로 데뷔를 해버렸습니다. 그리고 두 번째, 세 번째 책은 에세이를 내었으니 어쨌든 저도 소설과 에세이를 왔다 갔다 하는 사람이라고 할수 있겠는데요.

고백하자면, 저는 처음부터 소설로 데뷔를 할 생각은 아니었습니다. 처음 책을 목표로 했을 때는 '음악 에세이'를 준비했지만, 진행이 여의치 않아서 다음 원고를 쓰게 되었고, 그게 어쩌다 보니 소설이었고, 그 어쩌다 보니 준비한 소설이먼저 나오게 된 케이스였죠. 지금 생각해도 제가 소설로 데뷔를 하게 된 것은 뭔가 기적 같은 일이 아닌가 싶은데, 뭐 그만큼 제가 글을 잘 썼다는 이야기 아니겠습니까. 네?

그럼에도 등단하지 않은 작가 지망생이 투고해서 소설로데뷔를 한다, 제가 생각해도 이건 몹시 어려운 일 같아요. 그어려운 일을 제가 해내긴 했습니다만, 저도 첫 책을 목표로했던 건 어쨌든 에세이였으니까요. 소설 보다 에세이가 좀 더쓰기 쉽지 않겠느냐, 하는 작가 지망생들의 말이 이해가 되기도 하는 겁니다.

하지만 무엇이든 절대적인 것은 없죠. 이 책에서 계속해서 말하고 있는 내용입니다. 소설과 에세이 모두 쓰지만, 소설보다 에세이를 쓰기 어려워하는 사람도 분명 존재합니다. 대표적으로 다자이 오사무가 그런 사람이 아니었나 싶은데요. 다자이 오사무는 천성이 착해 빠진 건지, 에세이를 쓰면서 되게 조심스러워하는 모습을 보이곤 했습니다.

에세이는 진실로 써야하는 장르이지만, 내가 글로써 다른 이들에게 상처를 주어서는 안 된다, 하는 모습을 보이면서 소설보다 에세이 쓰기를 더 꺼려하기도 했던 건데요. 다자이 오사무의 이런 모습은 요즘 시대에 굉장히 배울 점이 많지 않나 싶어요.

두 번째와 세 번째 책으로 에세이를 준비하면서, 다른 작가들의 에세이를 참고삼아 많이 보았습니다. 요즘은 시대가 변하면서 불편한 것이 있으면 숨기지 않고 드러내는 세상이 되었죠. 그래서 그런지 에세이에서도 무언가 날이 서있고, 날카롭고, 예민하고, 불편한 게 있으면 불편하다 말하는 게 당연한 세상이 된 것 같습니다.

당사자가 본다면 아, 이건 분명 내 얘기군, 하면서 크게 상처받을 만한 내용들을 '에세이'라는 장르 안에서 풀어내는 글들이 많았습니다. 전 직장 동료를 욕하는 글, 대학 선배를 욕하는 글, 시어머니를 욕하는 며느리의 글, 아내를 욕하는 남편의 글, 부모님을 미워하는 자식의 글. 각계각층에서 다양하게 벌어지는 미움들이 활자화되어 책으로 만들어졌습니다.

저는 누군가 글로써 저를 나쁘게 표현한다면, 기함할 것 같습니다. 말이야 뱉어내면 허공에 흩어지고 사라진다지만, 글이라는 것, 특히 책은 오래도록 남게 되니까, 그 상처의 크기도 훨씬 크게 느껴진다고 할까요. 물론 저라고 미운 사람이 없겠냐마는, 글로 그 미움을 그려낼 때는 많은 고민을 하게 되는 것 같아요.

이런 고민이 에세이를 쓸 때의 가장 큰 어려움이 아닌가 싶습니다. 소설을 쓸 자신이 없어서 에세이를 쓴다는 분들은 이런 고민을 모두 해결하고서 쓰는 건지 물어보고 싶기도 하네요. 솔직함이라는 이유로, 누군가에게 상처를 입히고 있는 건 아닌지 말이에요.

에세이의 어려움을 조금 더 이야기해볼까요. 제가 출간을 준비하며 처음으로 본 관련 책은 일본의 한 출판 기획자가 쓴 책이었습니다. 그 책을 보면 일본의 사정도 크게 다르진 않았던 것 같습니다. 책에는 특히 젊은 작가 지망생들이 '에세이'를 쉽게 보고, 누구나 쓸 수 있는 장르로 여긴다는 이야기가 있었는데요.

하지만 에세이는 결코 쉬운 장르가 아니며, 알려지지 않은 무명의 작가 지망생이 쓴 에세이가 책이 되기 위해서는 한 분야에서 오래 경험한 전문가이거나 돈으로 치면 한 천만 원 이상의 투자 경험이 있어야 한다는 설명이 붙어있었습니다. 저는 이 의견에 동의했습니다.

그러니까 아침에 일어나 세면하고, 밥 먹고, 이 닦고, 똥 싸고 하는 누구나 겪는 일을 책으로 내기 위해서는 유명인이거나 정말 잘 쓴 글이 아니고서야 쉽지 않을 겁니다. 하지만 세면 전문가로서 여러 종류의 비누 이야기를 한다든가, 양치 덕후라서 칫솔과 치약에 천만 원을 들여본 경험이 있다거나, 비데 덕후로서 비데 장비에 천만 원을 들였다거나… 하는 이야기를 에세이로 푼다면 분명 책으로 나올 가능성이 커지지 않겠는가 하는 거죠.

제가 삼십여 년 모은 CD가 천 장 정도 되는데요. 장당 만 원만 잡아도 천만 원 아니겠습니까? 저는 그 천 장 정도의 CD를 기반 삼아서 음악 에세이 원고를 쓸 수 있었고, 그 원고로 첫 책을 낼 수 있길 소망했습니다. 그러니 단순 신변잡기가 아닌, 에세이라는 장르가 책으로 나오기 위해서는 한 분야의 전문가 혹은 천만 원 정도의 투자가 필요하다는 의견에 자연스레 수긍을 하게 되었던 셈이지요.

소설보다 에세이가 쓰기 쉽다는 말은 일견 타당한 것 같지만, 에세이가 책으로 나오기 위해서도 분명 어느 정도의 세월과 무언가에 대한 애정은 필요한 것 같습니다. 실화를 기반으로 글을 쓸 때 누군가에게 상처를 줄만한 글은 아닌지 하는 고민을 해본다면 더 좋을 테고요. 지금 에세이를 쓰고 있을지도 모를 여러분들은 어떤가요? 너무 쉽게 생각하고 에세이를 쓰고 있진 않으신가요?

반대로 아, 에세이는 술술 쓰겠는데 소설을 쓰기는 너무 어렵다 하는 분들에겐 윌리엄 서머싯 몸William Somerset Maugham의 명언을 전해드리고 싶습니다. 국내에선 《달과 6펜스》로 유명하신 분이죠. 이분이 이런 명언을 남기셨는데, 소설가 지망생에겐 아주 큰 도움이 될 만한 명언이 아닌가 싶습니다. 실제로 저도 약간의 도움을 받기도 했고요.

'소설을 쓰는 데에는 세 가지 룰이 있다. 하지만 안타깝게 도 아무도 그 룰을 알지 못한다.'

나라면 하지 않을 것들

이제 슬슬 책도 끝을 향해 가고 있습니다. 여기까지 읽으셨으니, 조금 더 힘을 내어 완독을 해주시면 고맙겠습니다. 그렇게 완독을 하시고 책이 재밌으면, SNS에 예쁘게 사진 찍어 올려 주시고, 인터넷 서점 등에 서평이나 한 줄 평도 좀 남겨 주시고, 주변에 책 좋아하는 분들이 계시면 선물도 좀 해주시고, 독서 모임 같은 걸 하고 계시다면 이 책을 모임 목록에 좀 올려주시고, 한마디로 무명 글쟁이 이경을 좀 유명케 해달라는 부탁입니다. 이게 저의 네 번째 책인데, 이제 저도 무명을 벗어날 때가 되지 않았겠습니까.

각설하고, 이 책의 도입부에 있던 내용을 기억하시나요. 이런 저런 작법서가 일러주는 것을 곧이곧대로 받아들이지 말고, 비판적 사고를 갖고서는 각자 자기에게 맞는 것을 취하라는 내용 말입니다. 책에서 시종일관 떠들어댔던 이야기이니 물론 기억이 나시겠지요. 뭐, 기억이 안 난다고 해도 어쩔 수는 없겠습니다. 책이란 원래 그런 거니까요.

글쓰기, 또 책을 준비하시는 분들이 각자에게 맞는 것과 맞지 않는 것을 정하고서 일을 진행해나간다면 앞으로 나아갈 길이 조금은 명확하게 보일지도 모르겠습니다. 글쓰기에 있어서 누구에게나 해당하는 비법 같은 것은 없으니까요.

그럼에도 제가 글을 쓰고, 책을 준비하면서 이건 절대 하지 말아야지 했던 것이 몇 가지 있습니다. 이번 시간에는 그런 것들을 얘기해보면 어떨까 싶어요. 앞서 이야기했던 부분도 있으니까 대략적으로 짧게 이야기하고 지나가겠습니다. 당연한 이야기이지만, 저의 경우에는 이랬다는 것일 뿐, 여러분들이 모두 저를 따라할 필요는 없습니다.

전자책만 내기

이 책의 초고는 2021년도에 쓰고 있습니다. 앞으로는 세상이 어떻게 변할지 모르겠지만, 제가 첫 책을 냈던 2019년이나, 지금이나 책이라고 하면 많은 분들이 여전히도 '종이책'을 떠올립니다. 저 역시 그러하고요.

누구라도 글을 쓰다가 책을 목표로 하게 된다면, 이왕이면 종이책을 목표로 하는 게 어떨까 싶습니다. 가장 큰 이유는 역시 판매에 있겠지요. 전자책의 성장이 계속 이루어진다고 하지만 여전히 출판시장에서는 9:1 정도의 비율로 종이책의 판매가 훨씬 좋은 것으로 알려져 있습니다.

종이책과 전자책을 두고 할 수 있는 출판 방식으로는 대략 세 가지가 있겠습니다.

(1) 종이책과 전자책을 모두 출간하기.
(2) 종이책만 출간하기.
(3) 전자책만 출간하기.

저는 책을 목표로 할 때 3번은 생각지 않고 글을 써왔습니다. 출판사 규모에 따라 다르겠지만, 보통의 출판사라고 하면 1번과 2번을 우선으로 삼지 않을까 싶습니다. 제가 앞서 낸 책도 모두 1번의 방식이었습니다. 종이책이 나오고, 얼마 지나서는 전자책이 나오는 방식이었죠. 지금까지는 그랬지만, 저는 2번의 방식도 괜찮다고 생각합니다.

살면서 전자책을 사 본 일이 딱 한번 있는데, 그게 언제냐면 제 데뷔작이 전자책으로 나왔을 때입니다. 종이책과는 느낌이 어떻게 다를까 궁금해서 사 본 것인데, 그때를 제외하곤 저는 항상 종이책만을 읽는 편입니다. 내가 쓴 글이 책으로 만들어져 서점의 매대에 올라가는 모습을 보고 있노라면 그게 그렇게 가슴 벅찰 수가 없습니다. 반면 전자책은 그런 감동을 느낄 수는 없으니까요.

그 외에도 종이책이 가지고 있는 많은 장점들이 있지 않겠습니까. 흔히 말하는 두꺼운 벽돌책으로는 집에 강도가 들었을 때 흉기로 쓸 수도 있고 말이에요. 여러분들이 글을 쓰다가, 우리는 전자책 전문 출판사인데 책을 한번 내봅시다, 하는 제안을 받는다면, 고민을 해보시길 바랍니다. 전자책으로만 내기에는 종이책을 사랑하는 수많은 독자들이 눈에 아른거리지 않겠습니까?

물론 전자책으로 나왔다가 독자의 반응이 너무 좋아서 종이책으로도 나오고 베스트셀러가 되는 경우도 간혹 있습니다만, 저나 여러분에게 그런 기적 같은 일이 일어날 확률은 극히 낮지 않겠습니까.

첫 책을 공저로 내기

앞서도 말했지만 이런저런 책 쓰기 아카데미의 행태를 보면, 작가 지망생들을 공저자로 참여시켜 출간하게 해주는 곳이 더러 있습니다. 적지 않은 돈을 여럿에게 받아, 그 여럿에게 글을 쓰게 하고는, 그 여럿이 쓴 글을 모아 하나의 책으로 내주고서, 자 이제 여러분들은 나의 글쓰기 가르침을 받고서는 작가가 되었습니다, 하는 건데요.

작가 지망생들은 당장 책 한 권 분량의 원고를 쓰기에는 부담이 되니, 그렇게 여럿이 모여서 글을 쓰는 방식이 맘에 들지도 모르겠습니다. 뭐 그렇게 해도 제가 뭐라고 말릴 수는 없겠지만, 저라면 하지 않을 방식입니다.

많은 책 쓰기 아카데미에서 이런 식으로 수강생들을 모아 책을 내주고는, 작가 타이틀을 부여합니다. 그러고서는 마치 자기들이 수강생들을 잘 가르쳐서 많은 작가를 배출했다는 식으로 홍보를 하는 거죠. 그렇게 공저에 참여한 사람들은 그저 글쓰기 학원의 도구에 지나지 않습니다.

여러분들이 수강료를 내고 삼삼오오 모여 책을 내는 순간, 그건 집단에 의한 자비출판일뿐입니다. 그런 책이 팔릴 것이라는 생각은 처음부터 거두는 게 좋습니다. 앞으로도 쭉 글을 쓰는 삶, 평생 작가의 길을 걷고픈 사람이라면, 타인에게 기대지 말고, 자신의 글로 책 한 권 분량을 채우는 게 어떨까요.

요즘은 책 한 권 분량이 점점 줄어들고 있습니다. 200자 원고지 기준으로 600매, 500매, 또 그 이하로도 얼마든지 책이 되는 시대입니다. 어서 빨리 책의 저자에 내 이름을 올리고 싶다, 작가가 되고 싶다, 하는 욕심에 엉뚱하고도 개똥망 같은 공저 책에 참여하지 말길 바랍니다.

물론 그렇지 않은, 순수한 의도로 사람들을 모아, "우리 한 번 책이라는 걸 경험해봅시다, 짧은 글이라도 저자가 되는 그 멋진 느낌을 공유하고 경험해봅시다", 하는 모임도 있을 겁니다. 그런 곳은 얼마든지 괜찮겠습니다. 혹은 공모전에서 수상을 하여 옴니버스 책을 내게 된다면 그 또한 자랑할 만한 일이겠습니다. 아니면 정말 괜찮은 출판사에서 정말 글 잘 쓰는 신인들을 모아 공저의 책을 기획할 수도 있겠습니다. 또한, 학술서 등의 특별한 경우도 차치합니다.

그 외에 비싼 수강료를 내고 글쓰기와 책 쓰기를 배우며, 강사가 주도하는 공저 책에 참여하면서, 책이 잘 될 거라는 마음, 내가 드디어 작가가 되었다 하는 마음은 가지지 않길 바랍니다. 그렇게 책을 낸 당사자의 주변인 몇몇을 제외하고는 그 누구도 그런 식으로 책을 낸 사람들을 '작가'로 칭하지 않을 겁니다.

제대로 된 출판사에서 책을 내게 된다면, 그때 가서는 정말 쟁쟁한 작가들과 공저로 책의 한 부분을 쓰게 될 기회가 생길 겁니다.

자비출판

글을 쓰고 투고를 하고, 까이고 까이고 까이고 까이고 까이고 차이고 까이고 까이고 까이고 차이고 까이고 까이고 까이고 차이고 하다 보면, 지치고, 괴롭고, 힘들고, 때로는 이렇게 살아서 무얼하나, 하는 생각이 들면서, 에라 모르겠다, 자비출판을 하겠다, 하시는 분들이 있을 텐데요.

견뎌 내세요.

고액의 글쓰기, 책 쓰기 강의

이 책을 읽으시고도 비싼 수강료를 내고서 강의를 듣고픈 마음이 드십니까? 그렇다면 정말 누구나 인정할 수 있는 전문가의 강의를 들으시길 바랍니다.

저는 '글쓰기'라는 걸 가르친다고 잘 할 수 있는 건가 하는 의문을 지니고 있는 사람입니다. 반면 '책 쓰기'는 전문가의 도움을 받는다면 확실히 힘이 될 거라고 생각합니다. 다만 엉뚱한 사람들에게 '책 쓰기' 강의를 듣지는 말길 바랍니다. 제가 말하는 엉뚱한 사람이라는 것은 다른 게 아닙니다. 비싼 수강료를 받고, 자비출판이나 다름없는 출판사와 연결시켜 책을 내주는 곳을 말합니다.

나는 정말 돈도 많고, 시간도 많은데 내 이름이 찍힌 책 하나 내고 싶다, 하시는 분들이라면 말리지 않겠습니다. 그 외에는 수백만 원에서 일천만 원이 넘어가는 고액 글쓰기, 책 쓰기 강의에 자신의 꿈을 맡기지 말길 바랍니다.

글쓰기와 책 쓰기를 배우고 싶으신 분들께는 책을 권하고 싶습니다. 시중에 나와 있는 훌륭한 책들이 많이 있습니다. 책으로도 충분합니다. 소설을 쓰고 싶으신 분들은 재미난 소설을 읽으시면 될 테고, 수필을 쓰고 싶으신 분들은 역시 훌륭한 수필을 읽으시면 될 겁니다. 좋은 글을 쓰고 나서는, 전문가가 쓴 괜찮은 책 쓰기 책을 참고 하시면 되겠습니다.

그러니 고액 글쓰기, 책 쓰기 강의를 들으려했던 분들은 그 돈으로 그냥 제 책이나 사서 읽어주세요.

짜깁기, 그리고 표절

저는 스스로 '작가'라고 말하고 다니기 좀 부끄러워하는 사람입니다만, 그럼에도 스스로 쥐젖만큼의 '작가정신'이란 게 있다면, 늘 오리지날리티를 추구하려 했다는 점을 들겠습니다.

국내에서는 흔치 않은 서간체의 소설로 데뷔를 했고, 프로 선수의 레슨서가 아닌 초보 골퍼의 연습 과정을 담은 골프 에세이로 두 번째 책을 냈습니다. 첫 책을 냈던 과정을 역시 에세이로 풀어 세 번째 책을 냈고요. 책을 낼 때마다 읽어주신 분들의 반응으로는 '신선하다'는 평이 있었습니다. 잘난 척하는 것 같지만, 실제로 들었던 이야기이니 뭐 저로서는 어찌할 도리가 없습니다.

저는 제가 쓰는 책에 이런 신선함이 없다면, 그러니까 특유의 오리지날리티가 없다면, 조금 괴로울 것 같습니다. 달리말하면 다른 책에 있는 내용을 대부분 짜깁기 하여 책을 쓰는 이들을 미워하기도 합니다. 특히나 그런 사람들의 책이 잘 팔리는 걸 보면 세상 일이 참 내 맘 같지가 않구나 싶습니다.

재미난 게, 이 책에서 지속적으로 비판하는 고액 책 쓰기 선생님들이 그렇게나 짜깁기하여 책을 많이 내십니다. 이쪽으로 보나, 저쪽으로 보나 역시 정이 안 가는 사람들입니다. 오늘도 여기저기에서 짜깁기 하여 글을 쓰고 책을 쓰는 사람들에게 묻고 싶습니다. 선생님은, 작가가 맞습니까?

이 책을 보는 분들은 다른 이들의 글이나 아이디어가 아닌, 본인 스스로의 이야기를 풀어나가시길 바랍니다. 타인의 글을 훔쳐서는 온갖 공모전에 응모하여 수상을 했던 이의 뉴스를 보신 적이 있으신가요? 결국은 꼬리가 붙잡혔던 일이었습니다. 어차피 다른 이의 것을 훔치다 걸릴 거, 뭐 그리 머리 아프게 짜깁기하고 표절하고 그러는지 모르겠습니다. 똑같은 도둑질인데 그냥 복면을 쓰고서 은행을 터는 게 훨씬 낫지 않을까요?

단권 작가

프롤로그에 밝혔듯 저의 책 세 권은 공교롭게도 8개월 간격으로 나왔습니다. 흔히들 각자의 삶을 글로 풀면 책 한 권 나온다는 말이 있죠. 동의합니다. 누구라도 살면서 책 하나쯤은 낼 수 있을 만한 이야기가 있을 겁니다. 하지만 제가 생각하는 '작가'는 단권이 아닌 꾸준히 쓸 수 있는 사람이었습니다. 데뷔작 이후에 두 번째, 세 번째 책을 서둘러서 작업을 했던 데에는, 쉽기 잊히고 마는 단권 작가가 되고 싶지 않았기 때문입니다.

이 책이 출간 경험이 있으신 분들에겐, 다음 책을 쓸 수 있는 용기를 줄 수 있으면 좋겠습니다. 아직 출간 경험이 없는 분들에게는 첫 출간의 감동을 안겨 줄 수 있는 책이면 좋겠고요.

이번 멘트 좀 멋있었나요?

뭐, 제가 이런 말을 하는 것도 책을 세 권이나 냈으니까 할 수 있는 것 아니겠습니까? 단권 작가라면 이런 말을 하기엔 영 민망하겠지요. 아무렴.

그럼에도 내가 믿는 소소한 팁들

책에서 시종일관 글쓰기를 잘 할 수 있는 비법은 없다고 떠들어 댔습니다만, 그럼에도 불구하고 제가 믿고 있는 몇 가지 글쓰기 팁은 있습니다. 공유합니다.

느낌표

진지한 글을 쓸 때만큼은 느낌표(!)를 자제하려고 합니다. 글이 가벼워지는 것을 막아주는 효과가 있습니다.

- 난 작가가 될 거야.

- 난 작가가 될 거야!

- 난 작가가 될 거야!!!!!!!!!!!!!!!!!!!!!!!!

첫 번째는 무척 진지해 보이지 않습니까.
가운데는 뭐 그럭저럭 자신감이 있어 보입니다.
마지막은 미친 사람 같군요.

글이 잘 나오는 장소

누구에게나 글이 잘 나오는 장소가 있을 겁니다. 많은 분들이 카페에서 차 한 잔 시켜놓고 자판을 두드리지만, 저는 안 해봐서 모르겠습니다. 노트북이 없거든요. 이번 책이 잘 팔리면 노트북을 하나 마련해볼까 합니다. 노트북이 없는 저는 회사 사무실 데스크탑을 이용해 글을 씁니다. 저는 회사 일을 땡땡이치며 글을 쓸 때가 가장 편한 것 같기도 합니다. 원고 청탁 등으로 글을 쓸 일이 많아진다면야 바로 노트북을 구해서 글을 써야 할 텐데, 그때도 저는 회사 사무실에 노트북을 들고 와서 쓰지 않을까 싶기도 하고요.

각자에게 글이 잘 나오는 장소가 있을 수 있습니다. 찾아보시길 바랍니다.

유머와 감동

다른 분들은 글을 쓸 때, 소재나 주제를 놓고 고민을 할 텐데, 저는 다른 두 가지를 놓고 고민을 합니다. 재미나게 써야할까, 담담하게 써야할까. 그러니까 굳이 나누자면 유머가 있는 글과 감동이 있는 글을 놓고 고민하는 겁니다. 문체 등의 글쓰기 방향에 대한 고민이라고 생각하시면 되겠습니다.

경험상 남들을 울릴 수 있는 글보다 웃길 수 있는 글이 훨씬 어렵습니다. 사람들이 느끼는 감동의 코드는 얼추 비슷한 모양새이지만, 유머코드는 각자 너무나 다르기 때문인데요. 그래서 유머러스한 글을 쓰게 되면 뭔가 도전하는 느낌이 들기도 합니다. 그러니 누군가의 글에서 유머를 시도한 흔적이 보일 때, 영 재미없다 하더라도, 너무 심하게 작가를 탓하진 마세요. 코드가 조금 다를 뿐입니다.

물론 억지로 짜낸다고 유머와 감동이 나오는 건 아니고, 이 둘의 공통점은 진심을 담아 쓸 때 조금 더 독자에게 가닿을 수 있다는 겁니다. 어떤 글이든 '진심'이 들어가면, 글이 조금 더 나아집니다.

백업과 저장

백업하세요. 저장하세요. 수시로 하세요. 이 책의 모든 부분을 기억하지 못하더라도, 이 두 단어만 익혀둔다면, 이 책의 값어치를 다 했다고 생각됩니다. 작가 지망생뿐만 아니라 작가도 늘 잊지 말아야 할 단어입니다.

백업. 저장. 백업. 저장. 백업. 저장.

저는 종종 원고를 저장하고는 외장 하드에 옮겨놓기도 하고, 한참 작업 중인 원고는 '나에게 메일 쓰기'를 하여 여러 가지 버전을 보관해두기도 합니다. 자신에게 맞는 방식으로 백업과 저장을 하면 되겠습니다.

술술 읽히는 글을 쓰는 법

제가 글을 쓰면서 가장 좋아하는 피드백이 '술술 읽힌다.' 하는 것입니다. 많은 분들이 술술 읽힌다, 잘 읽힌다고 말해주셨고, 누군가는 롤러코스터를 탄 것처럼 미끄러지듯 흘러간다고 표현해주시기도 했습니다. 저에게는 극찬이었습니다.

늘 술술 읽히는 글을 쓰려고 하니까요. 제 글이 어째서 술술 읽힌다는 것인지는 모르겠습니다. 사실 왜 그런지 대충은 알겠는데, 말하면 또 자랑 아니겠습니까.

그래도 이야기하자면, 글을 쓸 때 초등학생 고학년 정도면 누구나 이해할 수 있는 글을 쓰려고 합니다. 어려운 단어를 쓰게 되면 자기만족은 되겠지만, 독자와의 사이에서 벽을 만들게 됩니다. 잘 읽히는 글을 쓰고 싶으시다면, 쉬운 단어로 쓰세요.

간결체와 만연체

많은 작법서에서 공통으로 하는 흔한 주장이, '짧게 써라', '간결하게 써라', '단문으로 써라'입니다. 짧게 쓸 때의 가장 큰 장점은 '주술호응'의 편리성에 있습니다. 나는 길게 써도 주술호응을 이루는 데에 자신이 있다, 하는 분들은 만연체에 도전을 해보아도 좋겠습니다.

작법서에서 단문을 강조한다고, 단문으로만 쓸 필요는 전혀 없습니다. 《문장강화》를 쓴 이태준은 만연체의 단점으로 글의 방향이 만담으로 흐를 수 있음을 지적했습니다. 저는 이 책을 쓸 때 독자에게 농담을 건네듯 만담 비슷하게 떠들고 싶었기에, 부러 만연체를 쓰기도 했습니다.

누군가 작법서에서 "이런 방법은 잘못된 방법이다."라고 이야기한다면, 오히려 그 방법을 자신만의 스타일로 녹여낼 수도 있겠습니다.

의존명사

책을 내고 나서 인터넷에서 다른 작가들의 글을 볼 때 유심히 보는 부분이 있습니다. 의존명사를 잘 떼서 쓸 줄 아는가, 입니다. 책을 아무리 많이 낸 작가라도 의존명사를 떼지 못하고 붙여 쓰는 경우가 많이 있습니다.

예를 들어,

-작가가 되는 게 왜 이리 힘들까.
'되는' 뒤에 붙은 '게'가 바로 의존명사입니다. 많은 사람들이 이런 문장을 쓸 때,

-작가가 되는게 왜 이리 힘들까.

하고서 붙여 씁니다. 자신감을 가지고 이 '게'를 띄어 쓸 줄 알게 되면 글쓰기에 속도가 붙습니다. 그러니 다른 조사나 띄어쓰기는 차치하더라도 이 의존명사에 대해서는 공부를 해두면 좋습니다. 그렇다면 과연 의존명사를 뗄 줄 알아서 가지게 되는 가장 큰 장점이 무엇이냐고 물으실 텐데요.

마음껏 아는 척, 잘난 척 할 수 있다는 게 가장 큰 장점이겠습니다. 이미 수십 권의 책을 낸 유명한 작가들의 흠을 찾아내서 잘난 척 할 수 있는 데에 의존명사만큼 좋은 것도 없습니다. 어차피 다들 문인상경 아니겠습니까.

작가가 되면 좋은 점

이번이 이 책의 실질적인 마지막 꼭지라고 할 수 있겠습니다. 그럼에도 책을 손에서 놓지 않고 계신 겁니까. 대단합니다. 끈기가 있군요. 그렇담 마저 읽고서 책을 널리 알려주시길 바랍니다. 이정도의 열의라면 훗날 동종업계의 경쟁자가 되는 것도 괜찮겠습니다.

마지막 꼭지이니 만큼 정말 중요한 이야기를 하지 않을 수 없습니다. 책을 끝내기 전에 우리는 좀 더 글을 쓰는 사람에 대해 알아둘 필요가 있습니다. 작가란 무엇인가에 대해 깊게 생각을 해보고서 앞날을 향해 나아가야 합니다.

'글쓰기는 사회적으로 용인되는 형태의 정신분열증이다.'
- E. L. 닥터로 E. L. Doctorow

얼마 전 인터넷에서 글을 하나 읽었는데요. "책 쓰는 거, 그
거 다 자기 과시하려고 쓰는 거죠." 하는 말을 들었다는 내용
이었습니다. 그 글을 보면서, 뭐, 아예 틀린 말은 아니네, 글
을 쓰는, 또 책을 내는 행위에는 분명 자기를 보이고픈, 과시
하고픈, 나 대단하다, 훌륭하다, 하는 자랑과 욕망이 들어있
지, 생각했습니다.

앞서 의존명사를 공부해보라고 했던 이유에도 '잘난 척'에
있지 않았습니까. 글 쓰는 사람들 사이에서 아, 내가 아는 걸,
저 사람은 모르고 있네, 하면서 잘난 척하기 좋은 거리라고
말씀드렸습니다. 글을 쓰려는 사람들은 분명 자신의 머릿속
생각을 타인에게 전달하고 싶어 하는, 한마디로 잘난 척하고
싶어 하는 사람들이 분명하니까요.

빨리 작가가 되어서 마음껏 잘난 척을 해야 하는데, 아아,
잘난 척하고 싶어 미쳐버리겠는데, 어쩐지 작가 지망생의 신
분으로는 잘난 척을 할 수 없을 것만 같아서 괴로운 것입니
다. 그렇지 않나요. 글을 쓰는 사람들은 그렇게 다들 인정認定

에 목말라 있습니다.

이 책 역시 마음껏 잘난 척을 하고 싶다는 저의 결실이라고 볼 수 있습니다. 아, 내가 책을 냈다. 투고로 책을 세 권 내었더니 주변에서 작가님이라고 불러주더라. 출판사 편집자들을 포함하여 몇몇의 사람들이 글 잘 쓴다고 칭찬을 해주니까, 이걸 전문 용어로는 '우쭈쭈'라고 하는데 말이지요, 몇 번의 우쭈쭈를 받다 보니 아, 내가 진짜 글을 잘 쓰는 건가, 다른 사람들 보면 책 하나 내자마자, 글이란 자고로 이렇게 써야합니다 엣헴, 하고서 글쓰기 강의 같은 거 하던데, 나라고 못할 게 뭐 있을까, 이왕 하는 거 책으로 한번 만들어볼까, 하고서 나온 게 바로 이 책이란 이야기입니다.

작가의 한심한 모습, 가증스러움, 찌질함, 쓸데없는 예민함, 유치함 등을 이야기로 푼 소설을 좋아합니다. 작가 지망생 시절 그런 소설을 읽으며 마음껏 낄낄낄, 깔깔깔, 푸하하 비웃고 싶었는데, 그 웃음 뒤에는 작가가 되지 못한 열등감과 질투심이 숨어 있는 것 같아서 마음껏 웃지 못했습니다.

작가가 되어 가장 좋은 점이라면, 이제는 그런 소설을 읽으며, 그래그래 작가란 인간들, 글을 쓴다는 인간들은 다들 이렇게 한심한 구석이 있지, 하면서 마음껏 비웃고 욕할 수 있다는 점입니다. 실컷 작가의 어리석고도 바보 같은 모습들을 이야기하고서는, 이거 사실 제 이야기였는데요, 하면 그만이니까요.

실제로 이 책에 쓰인 일부 꼭지를 인터넷에 올렸을 때 한 작가 지망생이 상처를 받았다며 댓글을 단 적이 있습니다. 제 의도와는 다른, 오독에 의한 댓글이긴 했습니다만, 그 내용이 뭐랄까. 악플이라고 하기엔 뭔가 애매한, 그러니까 작가 지망생으로서 극도로 낮은 자존감에서부터 출발한 댓글이었는데요. 아마도 제 글에서 묘사된 '작가 지망생'의 모습이 퍽이나 한심하게 느껴졌던 모양입니다.

그런데 이 책에 그려진 '글을 쓰는 사람'이 가지고 있는 나약한 심성이나 바보 같고 찌질한 모습들은 대개 저 스스로를 보고서 말한 모습들입니다. 문인상경이라는 사자성어로 말할 수 있는 쓸데없는 질투심. 또 쓸데없는 자부심. 어딘가 모자라고 과한 구석이 있는 모습들. 모두 한 때의, 또 여전히도 제가 가지고 있는 모습들이죠.

《난생처음 내 책》에는 이런 구절이 적혀 있습니다.

'저에겐 글을 쓰며 경계해온 몇 가지가 있습니다. 자의식 과잉, 자만심, 지나친 우울, 망상과 허튼 기대. 글을 쓰다 이런 것들이 스멀스멀 피어오르면 정신을 차리고 싹둑싹 둑 싹을 잘라냅니다. 뿌리까지 뽑아버릴 수 있다면 좋을 텐데요.'*

자의식 과잉과 자만심. 우울함과 망상, 허튼 기대. 이것들 은 책을 세 권, 네 권 낸 지금까지도 여전히 경계를 하고 있는 것들입니다. 앞으로 글을 쓰는 내내 싹을 잘라내려 하겠죠. 다만 책을 내고 나서는 이전 보다는 조금 느슨한 마음이 생기 기도 합니다. 아주 조금은 말이에요.

작가 지망생 시절이나 지금이나 제가 가지고 있는 우울함 의 깊이는 크게 달라지지 않았습니다. 지망생 시절에는 아무 런 결과물을 내지 못하면서 우울해하기만 하는 제가 너무나 싫었습니다. 그런데 작가가 되고 나서는 이런 우울함마저도 작가가 가질 수 있는 마음이 아닐까 하는 생각이 든 달까요. 바보 같지만 사실입니다.

뭔가 마음껏 우울해하고, 마음껏 자의식 과잉 상태에 이르 고, 마음껏 망상을 할 수 있는 것. 나는 글을 쓰는 사람이니까 이런 민폐를 행하더라도 주변에서 이해해주지 않을까 하는 생각이 드는 겁니다. 너는 왜 이렇게 예민하냐는 누군가의 지적에, 나는 글을 쓰는 사람이니까 조금 예민해도 괜찮지 않을까, 하는 면죄부를 스스로에게 씌우는 겁니다. 그야말로 작가가 되어서 좋은 점이 아닐 수 없습니다.

그런 점에서 일단 하나라도 책을 내면 좋습니다. 지망생 시절에는 억지로라도 글을 쓰지 않으면 뭔가 아무 것도 하지 않은 것 같아 괴로웠는데, 책이 나오고서는 그런 부담에서도 어느 정도 벗어날 수 있게 되었습니다.

출간 이후에는 아무것도 하지 않은 채 백지와 눈싸움을 하는 날만 이어지더라도, "아, 저는 지금 차기작을 구상 중에 있습니다." 하고서 뻥을 칠 수가 있다는 겁니다. 똑같이 아무것도 하지 않더라도 지망생과 작가가 흘려보내는 백수의 시간은 다르게 보일 수 있는 겁니다. 너무 부럽지 않나요?

'글쓰기는 사회적으로 용인되는 형태의 정신분열증이다.'

작가가 되어서 좋은 점 중 하나는, 내가 가진 마음의 병을 누군가 이해해줄 수 있다는 데에 있습니다. 글쓰기란 사회적으로 용인되는 형태의 정신분열증이 틀림없으니까요.

그러니 여러분들 각자, 나는 정신이 말짱하다, 싶으신 분들은 글쓰기 따위 애진작에 때려치우시길 바랍니다. 많은 글쓰기 강사들이, 아아 글쓰기를 하면 정말정말 좋습니다, 그러다가 책도 내면 정말정말 좋습니다, 하고서 빌어먹을 글쓰기의 세계로 사람들을 유혹하는데 절대 그런 유혹에 빠지지 말길 바랍니다. 어휴, 악마 같은 사람들. 나쁜 사람들.

글쓰기는 힘듭니다. 지금 이 책을 보고 계신 분들도 대부분 글쓰기가 너무 힘들어서, 이런저런 책을 찾다가 결국에는 이런 무명의 글쟁이가 쓴 책까지 보고 있는 것 아니겠습니까. 그런 힘든 과정을 버텨내고 꾸역꾸역 몸과 정신을 망가트려가다 보면 언젠가 책을 내고 싶다는 생각도 들 텐데, 이때가 되면 이제 돌이킬 수가 없습니다. 빼지도, 박지도 못하는. 전진도 후진도 못하는. 글쓰기라는 늪에 빠져 허우적허우적, 어쩌면 평생 동안 이루지도 못할, '작가'라는 꿈을 가지게 될지도 모릅니다. 그러니 정신이 말짱할 때 빨리빨리 그만두시길 바랍니다.

하지만. 이렇게까지 매몰차게 말하였음에도 불구하고. 나는 쓰지 않고서는 버틸 수 없다. 내가 정신적으로 좀 이상한 것 같지만, 쓰지 않으면 더 미쳐버릴 것 같다. 그런 생각이 든다면, 쓰세요. 그때는 써야합니다. 써야만 합니다. 묵묵히. 하지만 끊임없이. 엉덩이를 붙이고. 꾸준히. 좋은 책을 읽고. 생각을 하고. 그렇게 쓰시면 됩니다.

글쓰기 강사들이 말하듯, 분명 책을 내실 수 있을 겁니다, 일이 잘 풀릴 겁니다, 하는 개똥망 같은 긍정의 얘기는 할 수 없습니다. 책을 낼 수 없을 확률이 훨씬 큽니다. 일이 잘 풀리지 않을 확률이 훨씬 큽니다. 작가가 아닌 평생을 작가 지망생으로 살아갈 확률이 훨씬 큽니다. 자신감이 하락하여 어쩌면 삶 자체가 앞으로 나아갈 수 없을지도 모릅니다.

그렇게 잠시 멈추어 설 때는, 다시 이 책의 첫 장에 실린 글쓰기의 1원칙을 떠올려보시길 바랍니다. 그러면 다시 앞으로 나아갈 수 있을지도 모릅니다.

'글은 왼쪽에서 오른쪽으로, 위에서 아래로 쓴다.'

지금까지 저의 잘난 척을 보아주셔서, 저의 목소리를 들어주셔서 감사합니다. 역시 작가가 되니까 이런 잘난 척을 할 수 있는 게 가장 좋습니다. 엣헴.

* 《난생처음 내 책》 이경 (티라미수더북, 2021)

함께 하면 좋은 책들

작가 지망생 시절, 그리고 몇 권의 책을 내고 나서도 꾸준히 글쓰기 책을 보아왔습니다. 가끔 익명의 작가 지망생 커뮤니티에 가서, 저는 그동안 이런 책들이 글쓰기에, 또 책을 내는 데에 도움이 되었습니다, 한번 읽어보시길 바랍니다, 하고 얘길 하면 반응들이 비슷합니다. 그런 거 읽을 시간에 내 글 하나 더 쓰겠다, 하는 건데요. 역시 작가 지망생들의 열등감이랄까, 질투심이랄까, 제멋대로랄까, 대책 없음이랄까, 자만심이랄까, 문인상경의 마음은 어쩔 수 없구나 싶습니다.

재미없는 작법서가 아닌, 양질의 책은 분명 개인의 글쓰기 실력에 도움이 될 수 있습니다. 최소한 저한테는 그랬던 것 같아요. 저에게 실질적으로 도움이 되었던 책들을 공유합니다. 리스트에는 일부 절판된 책들도 있을 텐데, 우리에게는 헌책방이라는 곳도 존재하니까요.

《글쓰기의 공중부양》 이외수 (해냄, 2007)

이외수 선생님 하면 일단 감성 아니겠습니까. 글을 쓰는 데 뭔가 감성적으로 다가가고 싶다 하는 분들에겐 이 책을 추천합니다. 이론과 실용적인 팁 모두 건질 만한 책입니다. 초보 작가 지망생들이 보면 좋은 책이랄까요.

《고종석의 문장》 고종석 (알마, 2014)

나는 감성은 됐고, 바로 실용적인 팁을 알고 싶다, 하는 분들에겐 이 책을 추천합니다. 고종석 선생님이 예전에 썼던 당신의 글을 다시 고치면서 글쓰기를 알려주는 책입니다. 퇴고로 고민이 많은 분들에게 도움이 될 수 있는 책입니다.

《내 문장이 그렇게 이상한가요?》 김정선 (유유, 2016)

교정교열 전문가가 알려주는 글쓰기 책입니다. 교정교열에 관한 내용과 소설이 번갈아 나와 지루하지 않게 읽을 수 있는 흥미진진한 책이에요. 요즘의 작가 지망생에겐 필독서 같은 책이 아닐까 싶기도 하고요.

《출판사에서 내 책 내는 법》 정상태 (유유, 2018)

책 한 권 분량의 글을 쓰고, 출판사에 투고하여 책을 내고 싶다, 하는 분들에게 추천합니다. 실제 투고 원고를 검토했던 출판사 편집자 출신의 책이니, 전문성은 말 할 것도 없겠죠? 얇은 책이라 하루면 완독이 가능하니, 투고 계획이 있으신 분들은 한번씩 보면 좋겠습니다.

《출판사 에디터가 알려주는 책쓰기 기술》 양춘미
(카시오페아, 2018)

출판 프로세스 등을 좀 더 자세히 알고 싶다, 하는 분들에게 추천합니다. 저는 데뷔작을 준비하면서 이 책을 보았는데요. 책에 나와 있던 내용들이 실제 출간 과정에서 이루어지는 것을 보면서, 아 이 책은 진짜구나 싶었습니다. 출간 과정에선 늘 옆에 두고 보는 책입니다.

《쓰기의 말들》 은유 (유유, 2016)

"글 한번 써보고 싶지 않아?" 하고 마음을 찔러주는 책입니다. 작가를 꿈꾸던 시절 이 책을 읽으며, 글을 쓰고 싶다 하는 생각을 많이 했습니다. 저에게는 참 좋은, 선생님 같은 책입니다.

《유혹하는 글쓰기》 스티븐 킹 (김영사, 2017)

워낙 유명한 책이니까 글을 쓰는 사람들은 많이 보지 않았을까요. 저는 한번 쓰윽 본 책입니다. 스티븐 킹은 워낙 다작을 하는 타입에다가, 영상화가 된 책도 많이 써서 뭔가 부러운 작가이기도 하고요.

《나의 글로 세상을 1밀리미터라도 바꿀 수 있다면》 메리 파이퍼
(티라미수더북, 2020)

메리 파이퍼는 마흔이 넘어서였나, 늦은 나이에 글을 쓰기 시작했다고 합니다. 저랑 비슷한 케이스였던 거죠. 아, 나는 글쓰기가 좀 늦은 것 아닌가, 생각하는 분들이 보면 좋은 책이겠습니다. 글쓰기와 관련된 이런저런 이야기들이 담긴 책입니다.

《그럼에도 작가로 살겠다면》 존 위너커 (다른, 2017)

제 책에서 자주 언급한 작가들의 '아포리즘 책'이 바로 이 책입니다. 여러 작가의 글쓰기 관련 명언들이 수록되어 있습니다. 저는 작법서보다 이런 명언집이 글쓰기에는 더 도움이 되었던 거 같습니다. 생각할 거리들을 많이 안겨주는 책입니다.

《스누피의 글쓰기 완전정복》 몬티 슐츠, 바나비 콘라드

(한문화, 2020)

가끔은 스누피에게도 위로를 받을 때가 있습니다. 여러 작가의 글쓰기 팁과 스누피 만화가 어우러진 책입니다. 가벼운 마음으로 읽기 시작했다가 작가가 되려는 스누피의 모습에서 덩달아 상처를 받기도 했습니다. 재밌는 책입니다.

《문장강화》 이태준 (창비, 2017)

워낙 옛날 사람의 작법서라, 글 자체가 예스럽지만, 한번쯤 읽어볼 만한 책입니다.

《책, 이게 뭐라고》 장강명 (아르테, 2020)
《책 한번 써봅시다》 장강명 (한겨레출판, 2020)

장강명 작가는 보통의 작법서처럼 '자고로 글이란 이렇게 써야 합니다…' 하는 주장을 펼치지 않아서 그 자체로 좋았습니다. 두 권을 같이 보면 시너지 효과가 있지 않을까요?

《작가의 시작》 바버라 애버크롬비 (책읽는수요일, 2016)

글을 쓰다가 막힐 때 그냥 아무 페이지나 열어서 보기 좋은 책입니다. 화장실에서 읽어도 좋은 책이고요.

《소설》 제임스 미치너 (열린책들, 2009)

소설 제목 자체가 소설인 책인데 많이들 보시지 않았을까 싶습니다. 작가, 편집자, 비평가, 독자의 시선으로 이야기하는 책인데요. 작가와 편집자 부분만 읽어보아도 좋을 것 같습니다. 왜냐하면 저도 그 부분만 읽었거든요.

《작가 형사 부스지마》 나카야마 시리치 (북로드, 2018)

일본 소설입니다. 한심한 글쟁이들 모습이 많이 나오는 소설이라 보면서 반면교사 삼기에 좋습니다. 무엇보다 재밌습니다. 앞으로 나는 글 쓰면서 이따구로 살진 말아야지… 생각하게끔 하는 책입니다.

《왜소 소설》 히가시노 게이고 (재인, 2021)

《작가 형사 부스지마》와 비슷한 감흥을 주는 책입니다. 한심하기 그지없는 작가와 작가 지망생들의 이야기가 나옵니다. 앞으로 나는 글 쓰면서 이따구로 살진 말아야지… 생각하게끔 하는 책입니다. (2)

《작가의 책상》 질 크레멘츠 (위즈덤하우스, 2018)

여러 작가들의 책상 사진과 글쓰기에 관한 짧은 글들이 수록된 책입니다. 실제 작가들은 어떤 자리에서 글을 썼나, 하고 궁금할 때가 있을 텐데요. 그럴 때 보면 좋은 책입니다.

《읽는 직업》 이은혜 (마음산책, 2020)

가끔 작법서가 아닌 편집자가 쓴 책이 글을 쓰는 데에 훨씬 도움이 될 때가 있습니다. 어쨌든 작가가 되기 위해서는 한 사람의 편집자를 설득해야만 할 테니까요. 저는 여러 편집자의 책 중에 유독 이 책을 좋아합니다. 놀랍게도 느낌표가 한 번도 쓰이지 않은 책이기도 합니다.

《위반하는 글쓰기》 강창래 (북바이북, 2020)

장강명 작가가 기존의 작법서를 두고 취사 선택을 잘 하라고 말한 것과 비슷하게 강창래 작가는 기존의 작법서에서 주장하는 많은 부분을 뒤집습니다. 지금 여러분들이 보고 계시는 이 책과 일부 겹치는 주장도 있는 것 같기도 하고 말이죠.

《소설가의 일》 김연수 (문학동네, 2014)

이 책에는 작가 지망생에서 신인 작가가 되어가는 비밀의 과정이 멋스러운 문장으로 표현 되어 있는데요. 저에겐 이 문장 하나만으로도 충분히 읽어볼 가치가 있는 책이었습니다.

《직업으로서의 소설가》 무라카미 하루키 (현대문학, 2016)

하루키는 반골 기질이 상당합니다. 편집자가 과하게 무언가를 지시하면 오히려 그 반대로 움직였습니다. 많은 작가 지망생들이 이런 반골의 기질을 가지고 있을 테니, 보시면서, 아 나도 나도 이런데, 하면서 글을 쓰는 사람으로서 동질감 같은 것을 느끼기에 좋은 책이 아닐까 싶기도 합니다. 물론 여러분은 하루키가 아닙니다만.

《글 잘 쓰는 법, 그딴 건 없지만》 다나카 히로노부
(인플루엔셜, 2020)

아, 이 책의 본문에서도 언급한 책이지요. 제목만으로도 충분히 가치가 있는 책이겠군요.

《악평》 앙드레 버나드, 빌 헨더슨 (열린책들, 2011)

지금은 유명세 떨치고 있는 작품들도 한때는 악평을 들으며 출판사로부터 문전박대를 받기도 했습니다. 앞으로 출판사에 투고를 하면서, 아아 이런 유명 작품들도 악평을 받았는데, 하면서 멘탈을 다잡기에 좋은 책입니다.

《난생처음 내 책》 이경 (티라미수더북, 2021)

말이 필요한가요? 지금까지 계속 이 책을 읽어달라고 떠들어댔는데, 이 정도로 말했으면 서로 간의 정을 생각해서라도

읽어줘야지. 네?

나오는 글

저에게 《작가의 목소리》는 하나의 거대한 농담덩어리 같은 책입니다. 처음에는 분명 장난 비슷한, 아주 조그마한 농담으로 시작했던 이야기가 눈밭에 데굴데굴 굴러 동글동글해지더니, 어느샌가 갑자기 확 커져 버린 느낌이랄까요.

이렇게 갑자기 부풀어 오른 농담덩어리라도 그 안에 제가 전하고자 하는 메시지는 진심이니까요. 그 메시지만큼은 꼭 읽어주신다면 좋겠습니다. 그러니까, 《난생처음 내 책》을 좀 사서 읽어봐 달라는 뭐, 그런 진심 말이에요. 네? 이쯤 되면 저도 어디까지가 농담이고 진담인지 모르겠습니다.

《작가의 목소리》는 저의 네 번째 책인데요. 데뷔작은 《작가님? 작가님!》이란 제목의 소설이었죠. 한 작가 지망생의 이야기인데, 완벽한 허구라기엔 어느 정도 제 삶이 묻어난 글입니다. 지금까지 네 종의 책을 냈는데, 두 종에 '작가'라는 단어가 제목에 쓰였군요. 작가란 무엇일까, 하는 질문에서 시작한 데뷔작을 내고서, 3년 만에 《작가의 목소리》라는 제목으로 책을 내다니, 감회가 새롭습니다.

본문에 쓰진 않았지만, 책의 제목은 보통 출판사의 권한으로 여겨지고, 저는 그 권한을 출판사에 온전히 맡겨 두었는데요. 출판사에서 《작가의 목소리》라는 제목을 권했을 때, 저는 좋은 마음과 부끄러운 마음이 동시에 들었던 것 같아요.

작가의 목소리라니. 내가 작가라고 불리어도 괜찮을 걸까, 하는 의구심이 여전히 사라지지 않았기 때문입니다. 그럴 때마다 출판사에서는, 작가님은 작가가 맞지요, 라는 이야기를 해주셨는데요. 첫 미팅 때부터 원고를 넘기고 편집을 하는 그 모든 과정에서 용기를 잃지 않게 힘을 실어준 마누스 출판사에 고마움을 전합니다. 덕분에 저는 아주 조금은 '작가'에 가까워져 가는 것 같습니다.

책 쓰기는 저에게 하나의 '의미 찾기'인 것 같아요. 쓰는 저에게도 분명 의미가 있어야 하고, 읽어주는 누군가에게도 어떠한 의미가 있다고 여겨질 때, 그때야 비로소 저는 흔쾌히 글을 쓸 수가 있습니다.

이 책을 읽어주시는 독자 분들의 처지와 입장에 따라 어떤 글은 아주 재밌게 읽힐 수도 있을 테고, 또 어떤 글은 분노를 유발할 수도 있을 테고, 또 어떤 글에서는 감동을 느낄 수도 있을 테죠. 어떤 식으로 읽히든 작가를 지망하는 여러분들의 기분을 상하게 하려는 의도는 없는 글이니까요. 부디 거대한 농담덩어리를 풀어 헤쳐 그 안에서 각자의 의미를 찾을 수 있는 책이 되길 바랍니다.

내가 보고 싶은 책이 있는데, 그런 책이 세상에 없다면, 그때는 내가 그 책을 써야 한다, 하는 말이 있는데요. 어쩌면《작가의 목소리》는 작가 지망생 시절의 제가 접했으면 어땠을까 하는 생각으로 시작되었던 것 같습니다.

글쓰기가 어려운 이유는 작법의 무지에서 오는 것이 아니라 용기의 부족에서 오는 것일지도 모르겠다는 생각이 들었거든요. 아무 것도 쓰이지 않은 백지에, 까만색 커서만 깜빡이고 있으면, 참 두렵고도 외롭죠. 내가 이 백지를 까맣게 채울 수 있을까. 그렇게 채우고 나면 누군가 읽어주기는 할까. 그게 나에게, 또 읽어주는 이에게, 어떠한 의미가 있기는 한 걸까.

그럴 때, 조용히 자신의 내면에서 들려오는 이야기에 귀를 기울여보시길 바랍니다. 내 안에 살아 숨쉬는 '작가의 목소리'를 들을 수 있을 때, 우리는 용기를 얻고서, 자음과 모음을 결합하고, 주어와 서술어를 조합하고, 문장과 문단을 이루어, 하나의 글을 완성할 수 있게 될지도 모릅니다. 이 책이 그 용기를 심어주는 데에 아주 조그마한 도움이 되어준다면 더할 나위가 없겠습니다.

자, 이제 책 덮고 빨리 글 쓰러 가세요.
그럼 이만 저도, 총총.

2022년 1월의 어느 금요일, 사무실에서.

작가의 목소리

2022년 3월 3일 초판 1쇄 발행

지은이   이경
발행인   정가영
책임편집   이명은
디자인   지민채

펴낸곳   마누스
FAX   0504-064-7414
이메일   manus2020@naver.com
블로그   blog.naver.com/manus2020
인스타그램   @manus_book

ISBN   979-11-971579-3-6 (03800)
ⓒ 이경, 2022